suhrkamp tasch

Robert Walser
Sämtliche Werke in Einzelausgaben
Herausgegeben von Jochen Greven

Elfter Band

Robert Walser, 1878 in Biel in der Schweiz geboren, lebte als junger Dichter und Commis in Zürich und anderen Städten seiner Heimat, dann als freier Schriftsteller in Berlin, wiederum in Biel und schließlich in Bern. Er starb 1956, nach Jahrzehnten stiller Zurückgezogenheit als Anstaltspatient.

Jakob von Gunten, 1909 erstmals erschienen, ist der dritte, meistdiskutierte und avantgardistischste Roman Robert Walsers. Er schrieb ihn 1908 in Berlin. Drei Jahre zuvor hatte der Autor eine Dienerschule besucht, deren eigentümliches Milieu er auf das im Roman dargestellte Knabeninstitut Benjamenta übertragen hat. *Jakob von Gunten* war, wie er Carl Seelig mitteilte, Robert Walser das liebste seiner Bücher. Walter Benjamin nannte dieses Tagebuch eines Internatszöglings «eine ganz ungewöhnlich zarte Geschichte, in der die reine und rege Stimmung des genesenden Lebens liegt».

«*Jakob von Gunten* ist eines unter mehreren erzählerischen Werken, die zu ihrer Zeit die Welt der deutschsprachigen Dichtung verändert haben. Dieses Buch gleicht keinem anderen deutschen Roman, und es gleicht keinem anderen Werk europäischer Literatur ... Man könnte *Jakob von Gunten* ein analytisches dichterisches Selbstgespräch nennen. Das klingt, zugegebenermaßen, sehr gewaltig. In Wirklichkeit ist das Buch eher etwas wie ein Capriccio für Harfe, Flöte und Trommeln.»   Christopher Middleton (1969)

Robert Walser
Jakob von Gunten

Ein Tagebuch

Suhrkamp Verlag
Zürich und Frankfurt am Main

Die Erstausgabe erschien 1909
im Verlag Bruno Cassirer, Berlin.

suhrkamp taschenbuch 1111
Erste Auflage 1985
Alle Rechte vorbehalten.
Mit Genehmigung der Inhaberin der Rechte,
der Carl Seelig-Stiftung Zürich
© dieser Ausgabe Suhrkamp Verlag Zürich 1978 und 1985
Suhrkamp Taschenbuch Verlag
Alle Rechte vorbehalten, insbesondere das
des öffentlichen Vortrags, der Übertragung
durch Rundfunk und Fernsehen
sowie der Übersetzung, auch einzelner Teile.
Druck: Ebner Ulm · Printed in Germany
Umschlag nach Entwürfen von
Willy Fleckhaus und Rolf Staudt

2 3 4 5 6 – 90 89 88 87 86

JAKOB VON GUNTEN

Man lernt hier sehr wenig, es fehlt an Lehrkräften, und wir Knaben vom Institut Benjamenta werden es zu nichts bringen, das heißt, wir werden alle etwas sehr Kleines und Untergeordnetes im späteren Leben sein. Der Unterricht, den wir genießen, besteht hauptsächlich darin, uns Geduld und Gehorsam einzuprägen, zwei Eigenschaften, die wenig oder gar keinen Erfolg versprechen. Innere Erfolge, ja. Doch was hat man von solchen? Geben einem innere Errungenschaften zu essen? Ich möchte gern reich sein, in Droschken fahren und Gelder verschwenden. Ich habe mit Kraus, meinem Schulkameraden, darüber gesprochen, doch er hat nur verächtlich die Achsel gezuckt und mich nicht eines einzigen Wortes gewürdigt. Kraus besitzt Grundsätze, er sitzt fest im Sattel, er reitet auf der Zufriedenheit, und das ist ein Gaul, den Personen, die galoppieren wollen, nicht besteigen mögen. Seit ich hier im Institut Benjamenta bin, habe ich es bereits fertiggebracht, mir zum Rätsel zu werden. Auch mich hat eine ganz merkwürdige, vorher nie gekannte Zufriedenheit angesteckt. Ich gehorche leidlich gut, nicht so gut wie Kraus, der es meisterlich versteht, den Befehlen Hals über Kopf dienstfertig entgegenzustürzen. In einem Punkt gleichen wir Schüler, Kraus, Schacht, Schilinski, Fuchs, der lange Peter, ich usw., uns alle, nämlich in der vollkommenen Armut und Abhängigkeit. Klein sind wir, klein bis hinunter zur Nichtswürdigkeit. Wer eine Mark Taschengeld hat, wird als ein bevorzugter Prinz angesehen. Wer, wie ich, Zigaretten raucht, der erregt ob der Verschwendung, die er treibt, Besorgnis. Wir tragen Uniformen. Nun, dieses Uniformtragen erniedrigt und erhebt uns gleichzeitig. Wir sehen wie unfreie Leute aus, und das ist möglicherweise eine Schmach, aber wir sehen auch hübsch darin aus, und das entfernt uns von der tiefen Schande derjenigen Menschen, die in höchsteigenen, aber zerrissenen und schmutzigen Kleidern dahergehen. Mir zum Beispiel ist das Tragen der Uniform sehr angenehm, weil ich nie recht wußte, was ich anziehen sollte. Aber auch in dieser Beziehung bin ich mir vorläufig noch ein Rätsel. Vielleicht steckt ein ganz, ganz gemeiner Mensch in mir. Vielleicht aber besitze ich aristokratische Adern. Ich weiß es nicht. Aber das Eine weiß ich bestimmt: Ich werde eine reizende, kugelrunde Null im späteren Leben sein. Ich werde als alter Mann junge, selbstbewußte, schlecht erzogene Grobiane bedienen müssen, oder ich werde betteln, oder ich werde zugrunde gehen.

Wir Eleven oder Zöglinge haben eigentlich sehr wenig zu tun, man gibt uns fast gar keine Aufgaben. Wir lernen die Vorschriften, die hier herrschen, auswendig. Oder wir lesen in dem Buch «Was bezweckt Benjamenta's Knabenschule?» Kraus studiert außerdem noch Französisch, ganz für sich, denn fremde Sprachen oder irgend etwas derartiges gibt es gar nicht auf unserem Stundenplan. Es gibt nur eine einzige Stunde, und die wiederholt sich immer. «Wie hat sich der Knabe zu benehmen?» Um diese Frage herum dreht sich im Grunde genommen der ganze Unterricht. Kenntnisse werden uns keine beigebracht. Es fehlt eben, wie ich schon sagte, an Lehrkräften, das heißt die Herren Erzieher und Lehrer schlafen, oder sie sind tot, oder nur scheintot, oder sie sind versteinert, gleichviel, jedenfalls hat man gar nichts von ihnen. An Stelle der Lehrer, die aus irgendwelchen sonderbaren Gründen tatsächlich totähnlich daliegen und schlummern, unterrichtet und beherrscht uns eine junge Dame, die Schwester des Herrn Institutvorstehers, Fräulein Lisa Benjamenta. Sie kommt mit einem kleinen weißen Stab in der Hand in die Schulstube und Schulstunde. Wir stehen alle von den Plätzen auf, wenn sie erscheint. Hat die Lehrerin Platz genommen, so dürfen auch wir uns setzen. Sie klopft mit dem Stab dreimal kurz und gebieterisch hintereinander auf die Tischkante, und der Unterricht beginnt. Welch ein Unterricht! Doch ich würde lügen, wenn ich ihn kurios fände. Nein, ich finde das, was Fräulein Benjamenta uns lehrt, beherzigenswert. Es ist wenig, und wir wiederholen immer, aber vielleicht steckt ein Geheimnis hinter all diesen Nichtigkeiten und Lächerlichkeiten. Lächerlich? Uns Knaben vom Institut Benjamenta ist niemals lächerlich zumut. Unsere Gesichter und unsere Manieren sind sehr ernsthaft. Sogar Schilinski, der doch noch ein vollkommenes Kind ist, lacht sehr selten. Kraus lacht nie, oder wenn es ihn hinreißt, dann nur ganz kurz, und dann ist er zornig, daß er sich zu einem so vorschriftswidrigen Ton hat hinreißen lassen. Im allgemeinen mögen wir Schüler nicht lachen, das heißt wir können eben kaum noch. Die dazu erforderliche Lustigkeit und Lässigkeit fehlt uns. Irre ich mich? Weiß Gott, manchmal will mir mein ganzer hiesiger Aufenthalt wie ein unverständlicher Traum vorkommen.

Der jüngste und kleinste unter uns Zöglingen ist Heinrich. Man ist diesem jungen Menschen gegenüber unwillkürlich zärtlich gesinnt, ohne dabei etwas zu denken. Er steht vor den Schaufenstern der Kaufleute still, innig in den Anblick der Waren und Leckerbissen versunken. Dann tritt er gewöhnlich ein und kauft sich etwas Süßes für einen Sechser. Heinrich ist noch ganz Kind, aber er spricht und benimmt sich schon wie ein erwachsener Mensch von guter Führung. Sein Haar ist immer ganz tadellos gekämmt und gescheitelt, was gerade mich zur Anerkennung hinreißen muß, da ich in diesem wichtigen Punkt sehr liederlich bin. Seine Stimme ist so dünn wie ein zartes Vogelgezwitscher. Man muß unbewußt den Arm um seine Schulter legen, wenn man mit ihm spazieren geht oder mit ihm spricht. Er hat die Haltung eines Obersten und ist so klein. Er besitzt keinen Charakter, denn er weiß noch gar nicht, was das ist. Gewiß hat er noch nie über das Leben nachgedacht, und wozu? Er ist sehr artig, dienstfertig und höflich, aber ohne Bewußtsein. Ja, er ist wie ein Vogel. Das Trauliche gelangt an ihm überall zum Vorschein. Ein Vogel gibt einem die Hand, wenn er sie gibt, ein Vogel geht so und steht so. Alles ist unschuldig, friedfertig und glücklich an Heinrich. Er will Page werden, sagt er. Doch er sagt es ganz ohne unfeines Schmachten, und in der Tat, der Pagenberuf ist für ihn das durchaus Richtige und Angemessene. Die Zierlichkeit des Benehmens und Empfindens strebt irgendwohin, und siehe, sie trifft das Rechte. Was wird er für Erfahrungen machen? Werden sich an diesen Knaben überhaupt Erfahrungen und Erkenntnisse heranwagen? Werden die rohen Enttäuschungen sich nicht genieren, ihn zu beunruhigen, ihn, den Überzarten? Übrigens merke ich, daß er ein wenig kalt ist, es ist nichts Stürmisches und Herausforderndes an ihm. Vielleicht wird er vieles, vieles, das ihn niederschlagen könnte, gar nicht bemerken, und vieles, das ihm seine Sorglosigkeit nehmen könnte, gar nicht fühlen. Wer weiß, ob ich recht habe. Aber ich stelle jedenfalls sehr, sehr gern solche Beobachtungen an. Heinrich ist bis zu einer gewissen Grenze verständnislos. Das ist sein Glück, und man muß es ihm gönnen. Wenn er ein Prinz wäre, ich würde der erste sein, der das Knie vor ihm beugte und ihm huldigte. Schade.

Wie dumm ich mich doch benommen habe, als ich hier ankam. Ich entrüstete mich in erster Linie über die Ärmlichkeit des Treppenhauses. Nun ja, es ist eben der Treppenaufgang eines gewöhnlichen großstädtischen Hinterhauses. Dann klingelte ich, und ein affenähnliches Wesen öffnete mir die Türe. Es war Kraus. Aber damals hielt ich ihn einfach für einen Affen, während ich ihn heute, um des rein persönlichen Wesens willen, das ihn ziert, hoch schätze. Ich fragte, ob Herr Benjamenta zu sprechen sei. Kraus sagte: «Jawohl, mein Herr», und machte eine tiefe, dumme Verbeugung vor mir. Diese Verbeugung jagte mir einen unheimlichen Schrecken ein, denn ich sagte mir sogleich, daß da irgend etwas nicht mit rechten Dingen zugehen müsse. Und von da an hielt ich die Schule Benjamenta für Schwindel. Ich trat zum Vorsteher herein. Wie muß ich lachen, wenn ich an die nun folgende

Szene denke! Herr Benjamenta fragte mich, was ich wolle. Ich erklärte ihm schüchtern, daß ich wünsche, sein Schüler zu werden. Darauf schwieg er und las Zeitungen. Das Bureau, der Herr Vorsteher, der vorausgegangene Affe, die Türe, die Art, zu schweigen und Zeitungen zu studieren, alles, alles kam mir im höchsten Grad verdächtig, verderbenversprechend vor. Plötzlich wurde ich nach meinem Namen gefragt und nach meiner Herkunft. Jetzt hielt ich mich für verloren, denn ich fühlte mit einemmal, daß ich da nicht mehr loskäme. Stotternd gab ich Auskunft, ich wagte sogar zu betonen, daß ich aus einem sehr guten Hause stamme. Ich sagte unter anderem, mein Vater sei Großrat, und ich sei ihm davongelaufen, weil ich gefürchtet hätte, von seiner Vortrefflichkeit erstickt zu werden. Wieder schwieg der Vorsteher eine Weile. Meine Furcht, betrogen zu werden, stieg aufs höchste. Ich dachte sogar an geheime Ermordung, stückweises Erdrosseln. Da fragte mich der Vorsteher mit seiner Gebieterstimme, ob ich Geld bei mir hätte, und ich bejahte. «So gib es her. Rasch!» befahl er, und merkwürdig, ich gehorchte augenblicklich, obschon mich der Jammer schüttelte. Ich zweifelte nicht mehr daran, einem Räuber und Schwindler in die Hände gefallen zu sein, und trotzdem legte ich das Schulgeld gehorsam hin. Wie lächerlich mir meine damaligen Empfindungen jetzt doch vorkommen. Man strich das Geld ein und schwieg wieder. Da fand ich den Heldenmut, schüchtern um eine Quittung zu ersuchen, doch man gab mir folgendes zur Antwort: «Schlingel wie du erhalten keine Quittungen.» Ich war einer Ohnmacht nahe, der Vorsteher klingelte. Sofort stürzte der dumme Affe Kraus herein. Der dumme Affe? O gar nicht. Kraus ist ein lieber, lieber Mensch. Ich verstand es nur damals noch nicht besser. «Dies hier ist Jakob, der neue Schüler. Führe ihn ins Schulzimmer.» – Der Vorsteher hatte kaum gesprochen, so packte mich Kraus und schleppte mich vor das Antlitz der Lehrerin. Wie kindisch ist man, wenn man sich fürchtet. Es gibt kein so schlechtes Benehmen wie das, welches aus dem Mißtrauen und aus der Unkenntnis stammt. So wurde ich Zögling.

Mein Schulkamerad Schacht ist ein seltsames Wesen. Er träumt davon, Musiker zu werden. Er sagt mir, er spiele vermittels seiner Einbildungskraft wundervoll Geige, und wenn ich seine Hand anschaue, glaube ich ihm das. Er lacht gern, aber dann versinkt er plötzlich in schmachtende Melancholie, die ihm unglaublich gut zu Gesicht und Körperhaltung steht. Schacht hat ein ganz weißes Gesicht und lange schmale Hände, die ein Seelenleiden ohne Namen ausdrücken. Schmächtig, wie er von Körperbau ist, zappelt er leicht, es ist ihm schwer, unbeweglich zu stehen oder zu sitzen. Er gleicht einem kränklichen, eigensinnigen Mädchen, er schmollt auch gern, was ihn einem jungen, etwas verzogenen weiblichen Wesen noch ähnlicher macht. Wir, ich und er, liegen oft zusammen in meiner Schlafkammer, auf dem Bett, in den Kleidern, ohne die Schuhe auszuziehen, und rauchen Zigaretten, was gegen die Vorschriften ist. Schacht tut gern das Vorschriften-Kränkende, und ich, offen gesagt, leider nicht minder. Wir erzählen uns ganze Geschichten, wenn wir so liegen, Geschichten aus dem Leben, das heißt Erlebtes, aber noch viel mehr erfundene Geschichten, deren Tatsachen aus der Luft gegriffen sind. Dann scheint es um uns her, Wände hinauf und hinunter, leise zu tönen. Die enge, dunkle Kammer erweitert sich, es erscheinen Straßen, Säle, Städte, Schlösser, unbekannte Menschen und Landschaften, es donnert und lispelt, redet und weint usw. Es ist hübsch, sich mit dem träumerisch angehauchten Schacht zu unterhalten. Er scheint alles zu verstehen, was man ihm sagt, und er selber sagt von Zeit zu Zeit etwas Bedeutsames. Und dann klagt er öfters, und das liebe ich an der Unterhaltung. Ich höre gern klagen. Man kann dann den Sprecher so ansehen und tiefes, inniges Mitleid mit ihm haben, und Schacht hat etwas Mitleiderweckendes an sich, auch ohne daß er Betrübliches spricht. Wenn feinsinnige Unzufriedenheit, das heißt die Sehnsucht nach etwas Schönem und Hohem, in irgendeinem Menschen wohnt, dann hat sie es sich in Schacht bequem gemacht. Schacht hat Seele. Wer weiß, vielleicht ist er eine Künstlernatur. Er hat mir anvertraut, daß er krank ist, und da es sich um ein nicht ganz anständiges Leiden handelt, hat er mich dringend gebeten, Schweigen zu beobachten, was ich ihm natürlich auf Ehrenwort versprochen habe, um ihn zu beruhigen. Ich habe ihn dann gebeten, mir den Gegenstand der Erkrankung zu zeigen, doch da wurde er ein wenig böse und kehrte sich gegen die Wand. «Du bist schamlos», sagte er mir. Oft liegen wir beide so, ohne ein Wort zu reden. Einmal wagte ich, seine Hand leise zu mir zu nehmen, doch er entzog sie mir wieder und sagte: «Was machst du für Dummheiten? Laß das.» – Schacht bevorzugt den Umgang mit mir, das merke ich nicht gerade deutlich, aber in solchen Dingen ist Deutlichkeit gar nicht nötig. Ich habe ihn eigentlich riesig gern und sehe ihn als eine Bereicherung meines Daseins an. Natürlich sage ich ihm so etwas nie. Wir reden

Dummheiten miteinander, oft auch Ernstes, aber unter Vermeidung großer Worte. Schöne Worte sind viel zu langweilig. Ah, an den Zusammenkünften mit Schacht in der Kammer merke ich es: wir Zöglinge des Instituts Benjamenta sind zu einem oft halbtagelangen seltsamen Müßiggang verurteilt. Wir kauern, sitzen, stehen oder liegen immer irgendwo. Ich und Schacht zünden in der Kammer zu unserem Vergnügen oft Kerzen an, das ist streng verboten. Aber gerade deshalb macht es uns Spaß, es zu tun. Vorschriften hin, Vorschriften her: Kerzen brennen so schön, so geheimnisvoll. Und wie sieht doch das Gesicht meines Kameraden aus, wenn die rötliche kleine Flamme es zart beleuchtet. Wenn ich Kerzen brennen sehe, komme ich mir vermögend vor. Im nächsten Augenblick kommt immer der Diener und reicht mir den Pelz. Das ist Unsinn, aber dieser Unsinn hat einen hübschen Mund und lächelt. Schacht hat eigentlich grobe Gesichtszüge, aber die Blässe, die über das Gesicht gezogen ist, verfeinert sie. Die Nase ist zu groß, auch die Ohren. Der Mund ist zugekniffen. Manchmal, wenn ich Schacht so ansehe, ist mir, als müsse es diesem Menschen einmal bitter schlecht gehen. Wie liebe ich solche Menschen, die diesen wehmütigen Eindruck hervorrufen! Ist das Bruderliebe? Ja, kann sein.

Am ersten Tag habe ich mich ungeheuer zimperlich und muttersöhnchenhaft benommen. Wurde mir da das Zimmer gezeigt, in dem ich mit den andern, das heißt mit Kraus, Schacht und Schilinski, gemeinsam schlafen sollte. Als vierter im Bunde gleichsam. Alles war zugegen, die Kameraden, der Herr Vorsteher, der mich grimmig anschaute, das Fräulein. Nun, und da fiel ich dem Mädchen einfach zu Füßen und rief aus: «Nein, in dem Zimmer zu schlafen ist mir unmöglich. Ich kann da nicht atmen. Lieber will ich auf der Straße übernachten.» – Ich hielt, während ich so sprach, die Beine der jungen Dame fest umschlungen. Sie schien ärgerlich zu sein und befahl mir aufzustehen. Ich sagte: «Ich stehe nicht vorher auf, bis Sie mir versprochen haben, daß Sie mir einen menschenwürdigen Raum zum Schlafen anweisen wollen. Ich bitte Sie, Fräulein, ich flehe Sie an, tun Sie mich an einen andern Ort, meinetwegen in ein Loch, nur nicht hier hinein. Hier kann ich nicht sein. Ich will meine Mitschüler gewiß nicht beleidigen, und habe ich es schon getan, so tut es mir leid, aber bei drei Menschen schlafen, als vierter, und dazu noch in solch einem engen Raum? Das geht nicht. Ach, Fräulein.» – Schon lächelte sie, ich merkte es, ich fügte daher rasch, mich noch fester an sie schmiegend, hinzu: «Ich will brav sein, ich verspreche es Ihnen. Ich will allen Ihren Befehlen zuvorkommen. Sie sollen sich nie, nie über mein Benehmen zu beklagen haben.» – Fräulein Benjamenta fragte: «Ist das sicher? Werde ich mich nie zu beklagen haben?» – «Nein, gewiß nicht, gnädiges Fräulein», erwiderte ich. Sie wechselte einen bedeutenden Blick mit dem Bruder, dem Herrn Vorsteher, und sagte zu mir: «Steh vor allen Dingen erst vom Boden auf. Pfui. Welch ein Flehen und Flattieren. Und dann komm. Meinetwegen kannst du auch anderswo schlafen.» Sie führte mich zu der Kammer, die ich jetzt bewohne, zeigte sie mir und fragte: «Gefällt dir die Kammer?» – Ich war so keck zu sagen: «Sie ist eng. Zu Hause gab's Vorhänge an den Fenstern. Und Sonne schien dort in die Gemächer. Hier ist nur eine schmale Bettstelle

und ein Waschgestell. Zu Hause gab es vollständig mö-
blierte Zimmer. Aber werden Sie nicht böse, Fräulein Benjamenta. Es gefällt mir, und ich danke Ihnen. Zu Hause
war es viel feiner, freundlicher und eleganter, aber hier
ist es auch ganz nett. Entschuldigen Sie, daß ich Ihnen
mit Vergleichen von zu Hause und mit weiß der Kuckuck
was noch alles komme. Ich finde die Kammer aber sehr,
sehr reizend. Zwar, das Fenster da oben in der Mauer ist
kaum ein Fenster zu nennen. Und das Ganze hat entschieden etwas Ratten- oder Hundelochartiges. Aber es
gefällt mir. Und ich bin unverschämt und undankbar, so
zu sprechen, nicht wahr? Vielleicht wäre es das beste,
mir die Kammer, die ich wirklich hoch schätze, wieder
zu nehmen und mir den strikten Befehl zu erteilen, bei
den andern zu schlafen. Meine Kameraden fühlen sich
sicher beleidigt. Und Sie, Fräulein, sind böse. Ich sehe es.
Ich bin sehr traurig darüber.» – Sie sagte mir: «Du bist
ein dummer Junge, und du schweigst jetzt.» Und doch
lächelte sie. Wie dumm das alles war, damals am ersten
Tag. Ich schämte mich, und ich schäme mich noch heute,
daran denken zu müssen, wie unziemlich ich mich benommen habe. Ich schlief in der ersten Nacht sehr un-
ruhig. Ich träumte von der Lehrerin. Und was die eigene
Kammer betrifft, so wäre ich es heute ganz zufrieden,
wenn ich sie mit ein oder zwei andern Personen teilen
müßte. Man ist immer halb irrsinnig, wenn man men-
schenscheu ist.

Herr Benjamenta ist ein Riese, und wir Zöglinge sind
Zwerge gegen diesen Riesen, der stets etwas mürrisch
ist. Als Lenker und Gebieter einer Schar von so winzigen,

unbedeutenden Geschöpfen, wie wir Knaben sind, ist er eigentlich auf ganz natürliche Weise zur Verdrießlichkeit verpflichtet, denn das ist doch nie und nimmer eine seinen Kräften entsprechende Aufgabe: über uns herrschen. Nein, Herr Benjamenta könnte ganz anderes leisten. Solch ein Herkules kann ja einer so kleinlichen Übung gegenüber, wie die ist, uns zu erziehen, gar nicht anders als einschlafen, das heißt brummend und grübelnd seine Zeitungen lesen. An was hat eigentlich der Mann gedacht, als er sich entschloß, das Institut zu gründen? Er tut mir in einem gewissen Sinne weh, und dieses Gefühl erhöht noch den Respekt, den ich vor ihm habe. Es gab übrigens zwischen ihm und mir im Anfang meines Hierseins, ich glaube, am Morgen des zweiten Tages, eine kleine, aber sehr heftige Szene. Ich trat zu ihm ins Kontor, aber ich kam nicht dazu, meinen Mund zu öffnen. «Geh wieder hinaus. Versuche, ob es dir möglich ist, wie ein anständiger Mensch ins Zimmer einzutreten», sagte er streng. Ich ging hinaus, und dann klopfte ich an, was ich ganz vergessen hatte. «Herein», rief es, und da trat ich ein und blieb stehen. «Wo ist die Verbeugung? Und wie sagt man, wenn man zu mir eintritt?» – Ich verbeugte mich und sagte in kümmerlicher Tonart: «Guten Tag, Herr Vorsteher.» – Heute bin ich schon so gut dressiert, daß ich dieses «Guten Tag, Herr Vorsteher» nur so hinausschmettere. Damals haßte ich diese Art, sich untertänig und höflich zu benehmen, ich wußte es eben nicht besser. Was mir damals lächerlich und stumpfsinnig vorkam, erscheint mir heute schicklich und schön. «Lauter reden, Bösewicht», rief Herr Benjamenta. Ich mußte den Gruß «Guten Tag, Herr Vorsteher» fünfmal wiederholen. Erst dann fragte er mich, was ich wolle. Ich war wütend geworden und sagte: «Man lernt hier gar nichts, und ich will nicht hier bleiben. Bitte geben Sie mir das Geld zurück, und dann will ich mich zum Teufel scheren. Wo sind hier die Lehrer? Ist überhaupt irgendein Plan, ein Gedanke da? Nichts ist da. Und ich will fort. Niemand, wer es auch sei, wird mich hindern, diesen Ort der Finsternis und der Umnebelung zu verlassen. Dazu, um mich hier von Ihren mehr als albernen Vorschriften plagen und verdummen zu lassen, komme ich denn doch aus viel zu gutem Hause. Zwar, ich will durchaus nicht zu Vater und Mutter zurücklaufen, niemals, aber ich will auf die Straße gehen und mich als Sklave verkaufen. Es schadet durchaus nichts.» – Nun hatte ich geredet. Heute muß ich mich beinahe krümmen vor Lachen, wenn ich mir dieses dumme Betragen wieder ins Gedächtnis zurückrufe. Mir war es damals aber durchaus heilig ernst zumut. Doch der Herr Vorsteher schwieg. Ich war im Begriff, ihm irgendeine grobe Beleidigung ins Gesicht zu sagen. Da sprach er ruhig: «Einmal einbezahlte Geldbeträge werden nicht mehr zurückerstattet. Was deine törichte Meinung betrifft, du könntest hier nichts lernen, so irrst du dich, denn du kannst lernen. Lerne vor allen Dingen erst deine Umgebung kennen. Deine Kameraden sind es wert, daß man wenigstens den Versuch macht, sich mit ihnen bekannt zu machen. Sprich mit ihnen. Ich rate dir, sei ruhig. Hübsch ruhig.» – Dieses «hübsch ruhig» sprach er wie in tiefen, mich gar nicht betreffenden Gedanken versunken. Er hielt die Augen niedergeschlagen, wie um mir zu verstehen zu geben, wie gut, wie sanft er es meine. Er gab mir deutliche Beweise seiner Gedankenabwesenheit und schwieg wieder. Was konnte ich machen? Schon befaßte sich Herr Benjamenta wieder mit Zeitunglesen. Es war mir, als ob ein furchtbares unverständliches Gewitter mir von ferne drohe. Ich verbeugte mich tief, fast bis herab zur Erde, vor demjenigen, der mir gar keine Beachtung mehr schenkte, sagte, wie die Vorschriften es geboten, «Adieu, Herr Vorsteher», klappte die Schuhabsätze zusammen, stund stramm da, machte kehrt, das heißt nein, suchte mit den Händen den Türriegel, schaute immer auf das Gesicht des Herrn Vorstehers und schob mich, ohne mich umzudrehen, wieder zur Türe hinaus. So endete ein Versuch, Revolution zu machen. Seither sind keine störrischen Auftritte mehr vorgekommen. Mein Gott, und geschlagen bin ich schon worden. Er hat mich geschlagen, er, dem ich ein wahrhaft großes Herz zumute, und nicht gemuckst habe ich, nicht gezwinkert habe ich, und es hat mich nicht einmal beleidigt. Nur weh hat es mir getan, und nicht um mich selber, sondern um ihn, den Herrn Vorsteher. Ich denke eigentlich immer an ihn, an beide, an ihn und Fräulein, wie sie so dahinleben mit uns Knaben. Was tun sie da drinnen in der Wohnung immer? Womit sind sie beschäftigt? Sind sie arm? Sind Benjamentas arm? Es gibt hier «innere Gemächer». Ich bin bis heute noch nie dort gewesen. Kraus wohl, den man bevorzugt, weil er so treu ist. Aber Kraus will keine Auskunft über die Beschaffenheit der Vorsteherswohnung geben. Er glotzt mich nur an, wenn ich ihn über diesen Punkt ausfrage, und schweigt. O, Kraus kann wahrhaft schweigen. Wenn ich ein Herr wäre, ich nähme Kraus sogleich in meine Dienste. Aber vielleicht dringe ich doch noch einmal in diese inneren Gemächer. Und was werden dann meine Augen erblicken? Vielleicht gar nichts Besonderes? O doch, doch. Ich weiß es, es gibt hier irgendwo wunderbare Dinge.

Eins ist wahr, die Natur fehlt hier. Nun, das, was hier ist, ist eben einmal Großstadt. Zu Hause gab es überall nahe und weite Aussichten. Ich glaube, ich hörte immer die Singvögel in den Straßen auf und ab zwitschern. Die Quellen murmelten immer. Der waldige Berg schaute majestätisch auf die saubere Stadt nieder. Auf dem nahegelegenen See fuhr man abends in einer Gondel. Felsen und Wälder, Hügel und Felder waren mit ein paar Schritten zu erreichen. Stimmen und Düfte waren immer da. Und die Straßen der Stadt glichen Gartenwegen, so weich und reinlich sahen sie aus. Weiße nette Häuser guckten schelmisch aus grünen Gärten hervor. Man sah bekannte Damen, zum Beispiel Frau Haag, innerhalb des Gartengitters im Park spazieren. Dumm ist das eigentlich, nun, die Natur, der Berg, der See, der Fluß, der schäumende Wasserfall, das Grün und allerlei Gesänge und Klänge waren einem eben nahe. Ging man, so spazierte man wie im Himmel, denn man sah überall blauen Himmel. Stand man still, so konnte man sich gleich niederlegen und still in die Luft hinaufträumen, denn es war Gras- oder Moosboden. Und die Tannen, die so wundervoll nach würziger Kraft duften. Werde ich nie wieder eine Bergtanne sehen? Das wäre übrigens kein Unglück. Etwas entbehren: das hat auch Duft und Kraft. Unser großrätliches Haus hatte keinen Garten, aber das Ganze, was einen umgab, war ein hübscher, sauberer, süßer Garten. Ich will nicht hoffen, daß ich mich sehne. Unsinn. Hier ist es auch schön.

Obschon es eigentlich an mir noch gar nichts Nennenswertes zu schaben gibt, renne ich doch von Zeit zu Zeit

zum Friseur, nur so des damit verbundenen Straßenaus-
fluges halber, und lasse mich rasieren. Ob ich Schwede sei,
fragt mich der Friseurgehilfe. Amerikaner? Auch nicht.
Russe? Nun, was denn? Ich liebe es, derartige nationa-
listisch angefärbte Fragen mit eisernem Schweigen zu
beantworten, und die Leute, die mich nach meinen Va-
terlandsgefühlen fragen, im Unklaren zu lassen. Oder
ich lüge und sage, ich sei Däne. Gewisse Aufrichtigkeiten
verletzen und langweilen einen nur. Manchmal blitzt die
Sonne wie verrückt hier in diesen lebhaften Straßen. Oder
es ist alles verregnet, verschleiert, was ich auch sehr, sehr
liebe. Die Leute sind freundlich, obgleich ich zuweilen
namenlos frech bin. Oft sitze ich in der Mittagsstunde
müßig auf einer Bank. Die Bäume der Anlage sind ganz
farblos. Die Blätter hängen unnatürlich bleiern herunter.
Es ist, als wenn hier manchmal alles aus Blech und dün-
nem Eisen sei. Dann stürzt wieder Regen und netzt das
alles. Schirme werden aufgespannt, Droschken rollen auf
dem Asphalt, Menschen eilen, die Mädchen heben die
Röcke. Beine aus einem Rock hervorstechen zu sehen,
hat etwas eigentümlich Anheimelndes. So ein weibliches
Bein, straff bestrumpft, man sieht es nie, und nun sieht
man es plötzlich. Die Schuhe kleben so schön an der
Form der schönen, weichen Füße. Dann ist wieder Sonne.
Wind weht ein wenig, und da denkt man an zu Hause.
Ja, ich denke an Mama. Sie wird weinen. Warum schreibe
ich ihr nie? Ich kann's nicht fassen, gar nicht begreifen,
und doch kann ich mich nicht entschließen zu schreiben.
Das ist es: ich mag nicht Auskunft geben. Es ist mir zu
dumm. Schade, ich sollte nicht Eltern haben, die mich lieben. Ich mag überhaupt nicht geliebt und begehrt sein. Sie
sollen sich daran gewöhnen, keinen Sohn mehr zu haben.

Jemandem, den man nicht kennt und der einen gar nichts angeht, einen Dienst erweisen, das ist reizend, das läßt in göttlich nebelhafte Paradiese blicken. Und dann: im Grunde genommen gehen einen alle oder wenigstens fast alle Menschen etwas an. Die da an mir vorübergehen, die gehen mich irgend etwas an, das steht fest. Übrigens ist das schließlich Privatsache. Ich gehe da so, die Sonne scheint, da sehe ich plötzlich ein Hündchen zu meinen Füßen winseln. Sogleich bemerke ich, daß sich das Luxustierchen mit den kleinen Beinen im Maulkorb verwickelt hat. Es kann nicht mehr laufen. Da bücke ich mich, und dem großen, großen Unglück ist abgeholfen. Nun kommt die Herrin des Hundes heranmarschiert. Sie sieht, was los ist, und dankt mir. Flüchtig ziehe ich meinen Hut vor der Dame und gehe meiner Wege. Ach, die da hinten denkt jetzt, daß es noch artige junge Menschen in der Welt gibt. Gut, dann habe ich den jungen Menschen im allgemeinen einen Dienst erwiesen. Und wie diese übrigens ganz unhübsche Frau gelächelt hat. «Danke, mein Herr.» Ah, zum Herrn hat sie mich gemacht. Ja, wenn man sich zu benehmen weiß, ist man ein Herr. Und wem man dankt, vor dem hat man Achtung. Wer lächelt, ist hübsch. Alle Frauen verdienen Artigkeiten. Jede Frau hat etwas Feines. Ich habe schon Wäscherinnen wie Königinnen sich bewegen sehen. Das alles ist komisch, o so komisch. Aber wie die Sonne geblitzt hat, und wie ich dann so davongelaufen bin! – Nämlich ins Warenhaus. Ich lasse mich dort photographieren, Herr Benjamenta will eine Photographie von mir haben. Und dann muß ich einen kurz abzufassenden, wahrheitsgetreuen Lebenslauf schreiben. Dazu gehört Papier. Nun, dann habe ich noch das Vergnügen, extra in einen Papierladen zu treten.

Kamerad Schilinski ist von polnischer Herkunft. Er spricht ein hübsches, gebrochenes Deutsch. Alles Fremdartige klingt nobel, ich weiß nicht, warum. Schilinskis größter Stolz besteht in einer elektrisch entzündbaren Krawattennadel, die er sich zu verschaffen gewußt hat. Auch zündet er gern, das heißt mit der größten Vorliebe, Wachsstreichhölzchen an. Seine Schuhe sind immer glänzend geputzt. Merkwürdig oft sieht man ihn seinen Anzug reinigen, seine Stiefel wichsen und seine Mütze bürsten. Er schaut sich gern in einem billigen Taschenspiegel an. Taschenspiegel besitzen wir Schüler übrigens alle, obschon wir eigentlich gar nicht wissen, was Eitelkeit alles bedeutet. Schilinski ist schlank von Figur und hat ein sehr hübsches Gesicht und Lockenhaar, das er nicht oft genug während des Tages kämmen und pflegen kann. Er sagt, er will zu einem Pferdchen. Ein Pferd zu striegeln und zu putzen und dann auszufahren, das ist sein Lieblingstraum. Recht karg steht es mit seinen Geistesgaben. Er besitzt absolut keinen Scharfsinn, und von Feinsinn oder dergleichen darf man bei ihm nicht reden. Und doch ist er durchaus nicht dumm, beschränkt vielleicht, aber ich nehme dieses Wort nicht gern in den Mund, wenn ich an meine Schulkameraden denke. Daß ich der Gescheiteste unter ihnen bin, das ist vielleicht gar nicht einmal so sehr erfreulich. Was nützen einem Menschen Gedanken und Einfälle, wenn er, wie ich, das Gefühl hat, er wisse nichts damit anzustellen? Nun also. Nein, nein, ich will hell zu sehen versuchen, aber ich mag nicht hochmüteln, mich nie und nimmer über meine Umgebung erhaben fühlen. Schilinski wird Glück im Leben haben. Die Frauen werden ihn bevorzugen, so sieht er aus, ganz wie der zukünftige Liebling der Frauen. Er hat einen an etwas Edles erinnernden bräunlichen, übrigens hellen Teint an Gesicht und Händen, und die Augen sind rehhaft schüchtern. Es sind reizende Augen. Er könnte mit seinem ganzen Wesen ein junger Landedelmann sein. Sein Benehmen mahnt an ein Landgut, wo städtisches und bäurisches, feines und grobes Wesen in anmutige, kräftige menschliche Bildung zusammenfließen. Er geht besonders gern müßig und schlendert gern in den belebtesten Straßen herum, wobei ich ihm manchmal Gesellschaft leiste, zum Entsetzen von Kraus, der den Müßiggang haßt, verfolgt und verachtet. «Seid ihr beide schon wieder auf dem Vergnügen gewesen? He?», so empfängt uns Kraus, wenn wir heimkommen. Von Kraus werde ich sehr viel reden müssen. Er ist der Redlichste und Tüchtigste unter uns Zöglingen, und Tüchtigkeit und Ehrlichkeit sind ja so unerschöpfliche und unermeßliche Gebiete. Nichts kann mich so tief aufregen wie der Anblick und der Geruch des Guten und Rechtschaffenen. Etwas Gemeines und Böses ist bald ausempfunden, aber aus etwas Bravem und Edlem klug zu werden, das ist so schwer und doch zugleich so reizvoll. Nein, die Laster interessieren mich viel, viel weniger als die Tugenden. Nun werde ich Kraus schildern müssen, und davor ist mir direkt bange. Zimperlichkeiten? Seit wann? Ich will's nicht hoffen.

Ich gehe jetzt jeden Tag ins Warenhaus, fragen, ob meine Photographien noch nicht bald fertig seien. Ich kann jedesmal mit dem Aufzug ins oberste Stockwerk hinauffahren. Ich finde das leider nett, und das paßt zu meinen vielen übrigen Gedankenlosigkeiten. Wenn ich

Lift fahre, komme ich mir so recht wie das Kind meiner Zeit vor. Ob das andern Menschen auch so geht? Den Lebenslauf habe ich immer noch nicht geschrieben. Es geniert mich ein wenig, über meine Vergangenheit die schlichte Wahrheit zu sagen. Kraus schaut mich von Tag zu Tag vorwurfsvoller an. Das paßt mir sehr. Liebe Menschen sehe ich gern ein wenig wütend. Nichts ist mir angenehmer, als Menschen, die ich in mein Herz geschlossen habe, ein ganz falsches Bild von mir zu geben. Das ist vielleicht ungerecht, aber es ist kühn, also ziemt es sich. Übrigens geht das bei mir ein wenig ins Krankhafte. So zum Beispiel stelle ich es mir als unsagbar schön vor, zu sterben, im furchtbaren Bewußtsein, das Liebste, was ich auf der Welt habe, gekränkt und mit schlechten Meinungen über mich erfüllt zu haben. Das wird niemand verstehen, oder nur der, der im Trotz Schönheitsschauer empfinden kann. Elendiglich umkommen, um einer Flegelei, einer Dummheit willen. Ist das erstrebenswert? Nein, gewiß nicht. Aber das alles sind ja Dummheiten gröbster Sorte. Es fällt mir hier etwas ein, und ich sehe mich, aus, ich weiß nicht welchen, Ursachen, genötigt, es zu sagen. Ich besaß vor einer Woche oder mehr Tagen an Geld noch zehn Mark. Nun, jetzt sind diese zehn Mark verflogen. Eines Tages trat ich in ein Restaurant mit Damenbedienung. Ganz unwiderstehlich zog es mich hinein. Ein Mädchen sprang mir entgegen und nötigte mich, auf einem Ruhebett Platz zu nehmen. Halb wußte ich Bescheid, wie das ungefähr endigen konnte. Ich wehrte mich, aber ganz und gar ohne Nachdruck. Es war mir alles gleichgültig, und doch wieder nicht. Es bereitete mir ein Vergnügen ohnegleichen, dem Mädchen gegenüber den feinen, obenherabschauenden Herrn zu spielen.

Wir befanden uns ganz allein, und nun trieben wir die nettesten Dummheiten. Wir tranken. Immer lief sie ans Büfett, um neue Getränke zu holen. Sie zeigte mir ihr reizendes Strumpfband, und ich liebkoste es mit den Lippen. Ah, ist man dumm. Immer stand sie wieder auf und holte Neues zum Trinken. Und so rasch. Sie wollte eben sehr schnell bei dem dummen Jungen ein hübsches Sümmchen Geld verdienen. Ich sah das vollkommen ein, aber gerade das gefiel mir, daß sie mich für dumm ansah. Solch eine sonderbare Verdorbenheit: sich heimlich zu freuen, bemerken zu dürfen, daß man ein wenig bestohlen wird. Aber wie bezaubernd kam mir alles vor. Rings um mich starb alles in flötender, kosender Musik. Das Mädchen war Polin, schlank und geschmeidig und so entzückend sündhaft. Ich dachte: «Weg sind meine zehn Mark.» Nun küßte ich sie. Sie sagte: «Sag', was bist du? Du benimmst dich wie ein Edelmann.» Ich konnte gar nicht genug den Duft, der von ihr ausströmte, einatmen. Sie bemerkte das und fand das fein. Und in der Tat: Was ist man für ein Halunke, wenn man, ohne Liebe und Schönheit zu empfinden, an Orte hingeht, wo nur das Entzücken entschuldigt, was die Liederlichkeit unternommen hat? Ich log ihr vor, daß ich Stallbursche sei. Sie sagte: «O nein, dafür benimmst du dich viel zu schön. Sag' mir guten Tag.» Und da tat ich ihr das, was man an solchen Orten guten Tag sagen nennt, das heißt sie setzte es mir lachend und scherzend und mich küssend auseinander, und da tat ich es. Eine Minute später befand ich mich auf der abendlichen Straße, ausgebrannt bis auf den letzten Pfennig. Wie kommt mir das jetzt vor? Ich weiß es nicht. Aber das eine weiß ich: ich muß wieder zu einigem wenigem Geld kommen. Aber wie mache ich das?

Beinahe jeden frühen Morgen setzt es zwischen mir und Kraus ein geflüstertes Redegefecht ab. Kraus glaubt immer, mich zur Arbeit antreiben zu sollen. Vielleicht irrt er sich auch gar nicht, wenn er annimmt, daß ich nicht gern früh aufstehe. Ja doch, ich stehe schon ganz gern vom Bett auf, aber wiederum finde ich es geradezu köstlich, ein wenig länger liegen zu bleiben, als ich soll. Etwas nicht tun sollen, das ist manchmal so reizend, daß man nicht anders kann, als es doch tun. Deshalb liebe ich ja so von Grund aus jede Art Zwang, weil er einem erlaubt, sich auf Gesetzeswidrigkeiten zu freuen. Wenn kein Gebot, kein Soll herrschte in der Welt, ich würde sterben, verhungern, verkrüppeln vor Langerweile. Mich soll man nur antreiben, zwingen, bevormunden. Ist mir durchaus lieb. Zuletzt entscheide doch ich, ich allein. Ich reize das stirnrunzelnde Gesetz immer ein wenig zum Zorn, nachher bin ich bemüht, es zu besänftigen. Kraus ist der Vertreter aller hier im Institut Benjamenta bestehenden Vorschriften, folglich fordere ich den besten aller Mitschüler beständig ein bißchen zum Kampf auf. Ich zanke so furchtbar gern. Ich würde krank werden, wenn ich nicht zanken könnte, und zum Zanken und Reizen eignet sich Kraus wundervoll. Er hat immer recht: «Willst du jetzt endlich aufstehen, du faules Tuch!» – Und ich habe immer unrecht: «Ja, ja, gedulde dich. Ich komme.» – Wer im Unrecht ist, der ist frech genug, den, der im Recht ist, stets zur Geduld aufzufordern. Das Rechthaben ist hitzig, das Unrechthaben trägt stets eine stolze, frivole Gelassenheit zur Schau. Derjenige, der es leidenschaftlich gut meint (Kraus), unterliegt stets dem (also mir), dem das Gute und Förderliche nicht gar so ausgesprochen am Herzen liegt. Ich triumphiere, weil ich noch im Bett liege, und Kraus zittert vor Zorn, weil er immer vergeblich an die Tür klopfen, poltern und sagen muß: «Steh' doch auf, Jakob! Mach' endlich. Herrgott, was ist das für ein Faulpelz.» – Wer zürnen kann, ach, ist mir solch ein Mensch sympathisch. Kraus zürnt bei jeder Gelegenheit. Das ist so schön, so humorvoll, so edel. Und wir beide passen so gut zueinander. Dem Empörten muß doch immer der Sünder gegenüberstehen, sonst fehlte ja etwas. Bin ich dann endlich aufgestanden, so tue ich, als stünde ich müßig da. «Jetzt steht er noch da und gafft, der Tropf, statt Hand anzulegen», sagt er dann. Wie prächtig ist so etwas. Das Gemurmel eines Mürrischen finde ich schöner als das Murmeln eines Waldbaches, beglitzert von der allerschönsten Sonntagvormittagsonne. Menschen, Menschen, nur Menschen! Ja, ich empfinde es lebhaft: ich liebe die Menschen. Ihre Torheiten und raschen Gereiztheiten sind mir lieber und wertvoller als die feinsten Naturwunder. – Wir Zöglinge müssen morgens früh, bevor die Herrschaften erwachen, Schulstube und Kontor aufräumen. Je zwei Leute besorgen das abwechslungsweise. «Steh' doch auf. Wird's bald?» – Oder: «Jetzt hört aber bald die Genügsamkeit auf.» Oder: «Steh' auf, steh' auf. Es ist Zeit. Solltest schon längst den Besen in der Hand haben.» – Wie ist das amüsant. Und Kraus, der ewig böse Kraus, wie lieb ist er mir.

Ich muß noch einmal ganz zum Anfang zurückkehren, zum ersten Tag. In der Unterrichtspause sprangen Schacht und Schilinski, die ich damals ja noch gar nicht kannte, in die Küche und brachten, auf Teller gelegt, Frühstück in die Schulstube. Auch mir wurde etwas zum Essen vorgelegt, aber ich hatte gar keinen Appetit, ich mochte nichts anrühren. «Du mußt essen», sagte mir Schacht, und Kraus fügte hinzu: «Es muß alles, was da auf dem Teller liegt, sauber aufgegessen werden. Hast du verstanden?» – Ich erinnere mich noch, wie widrig mich diese Redensarten berührten. Ich versuchte zu essen, aber voll Abscheu ließ ich das meiste liegen. Kraus drängte sich an mich heran, klopfte mir würdevoll auf die Schulter und sagte: «Neuling, der du hier bist, wisse, daß die Vorschriften gebieten, zu essen, wenn etwas zu essen da ist. Du bist hochmütig, doch sei nur ruhig, der Hochmut wird dir schon vergehen. Kann man etwa die butterbestrichenen und wurstbelegten Stücke Brot auf der Straße auflesen? Wie? Sei du nur ruhig und warte hübsch, vielleicht wirst du noch Appetit bekommen. Jedenfalls mußt du das da aufessen, was hier noch herumliegt, wohlverstanden. Es werden im Institut Benjamenta keine Eßreste auf den Tellern geduldet. Vorwärts, iß. Mach rasch. Ist das eine sorgenvolle und feinseinwollende Bedenklichkeit. Die Feinheiten werden dir bald vergehen, glaube es mir. Du hast keinen Appetit, willst du mir sagen? Ich aber rate dir, Appetit zu haben. Du hast nur aus Hochmut keinen, das ist es. Gib her. Für diesmal will ich dir helfen aufessen, obschon es total gegen alle Vorschriften ist. So. Siehst du, wie man das essen kann? Und das? Und das? Das war ein Kunststück, kann ich dir sagen.» – Wie war mir das alles peinlich. Ich empfand eine heftige Abneigung gegen die essenden Knaben, und heute? Heute esse ich so gut sauber auf wie nur irgendeiner der Zöglinge. Ich freue mich sogar jedesmal auf das hübsch zubereitete, bescheidene Essen, und nie im Leben würde es mir einfallen, es zu verschmähen. Ja, ich war eitel und hochmütig im Anfang, gekränkt von ich weiß nicht was, erniedrigt auf ich weiß gar nicht mehr welche Weise. Es war mir eben alles, alles noch neu und infolgedessen feindlich, und im übrigen war ich ein ganz hervorragender Dummkopf. Ich bin auch heute noch dumm, aber auf feinere, freundlichere Art und Weise. Und auf die Art und Weise kommt alles an. Es kann einer noch so töricht und unwissend sein: wenn er sich ein wenig zu schicken, zu schmiegen und zu bewegen weiß, ist er noch nicht verloren, sondern findet seinen Weg durch das Leben vielleicht besser als der Kluge und Mit-Wissen-Vollgepackte. Die Art und Weise: ja, ja. –

Kraus hat es schon sehr schwer im Leben gehabt, bevor er hierher gekommen ist. Er und sein Vater, der Schiffer ist, sind die Elbe hinauf und hinunter gefahren, auf schweren Kohlenkähnen. Er hat schwer, schwer arbeiten müssen, bis er dann krank geworden ist. Jetzt will er der Diener, der richtige Diener eines Herrn werden, und dazu ist er mit all seinen gutherzigen Eigenschaften auch wie geboren. Er wird ein ganz wundervoller Diener sein, denn nicht nur sein Äußeres paßt zu diesem Beruf der Demut und des Entgegenkommens, nein, auch die Seele, die ganze Natur, das ganze menschliche Wesen meines Kameraden hat etwas im allerbesten Sinn Dienerhaftes. Dienen! Wenn nur Kraus einen anständigen Herrn bekommt, das wünsche ich ihm. Gibt es doch Herren oder Herrschaften, kurz, Vorgesetzte, die es gar nicht lieben und wünschen, vollkommen bedient zu werden, die es gar nicht verstehen, wirkliche Dienstleistungen in Empfang zu nehmen. Kraus hat Stil und gehört unbedingt zu einem Grafen, das heißt ganz, ganz vornehmen Herrn. Man muß einen Kraus nicht arbeiten lassen wie einen gewöhnlichen Knecht oder Arbeiter. Er kann vertreten. Sein Gesicht ist dazu geschaffen, irgendeinen Ton, eine Manier anzugeben, und auf seine Haltung und auf sein Betragen kann derjenige stolz sein, der ihn mieten wird. Mieten? Ja, so sagt man. Und Kraus wird eines Tages an jemanden vermietet, oder von irgend jemandem gemietet werden. Und darauf freut er sich, und darum lernt er so eifrig Französisch in seinen etwas schwerfälligen Kopf hinein. Etwas ist da, das ihm Kummer macht. Er hat sich nämlich beim Friseur, wie er sagt, eine etwas garstige Auszeichnung geholt, einen Kranz von rötlichen kleinen Pflanzen, kurz gesagt, Punkten, noch kürzer, und ganz unbarmherzig gesagt, Pickeln. Nun ja, das ist allerdings übel, besonders, da er zu einem feinen und wirklich anständigen Herrn gehen will. Was ist zu machen? Armer Kraus! Mich zum Beispiel würden die Punkte, die ihn verunzieren, nicht im mindesten hindern, ihn zu küssen, wenn es darauf ankäme. Im Ernst: wirklich nicht, denn ich sehe so etwas gar nicht mehr, ich sehe es gar nicht, daß er unschön aussieht. Ich sehe seine schöne Seele auf seinem Gesicht, und die Seele, das ist das Liebkosenswerte. Aber der zukünftige Herr und Gebieter wird da allerdings ganz anders denken, und darum legt auch Kraus Salben auf die unfeinen Wunden, die ihn verunstalten. Er gebraucht auch öfters den Spiegel, um die Fortschritte der Heilung zu beobachten, nicht aus leerer Eitelkeit. Er würde, wenn er nicht diesen Makel trüge, nie in den Spiegel schauen, denn die Erde kann nichts Uneitleres, Unaufgeblaseneres hervorbringen als ihn. Herr Benjamenta, der sich für Kraus lebhaft interessiert, läßt oft nach dem Übel und seinem zu erhoffenden Verschwinden fragen. Kraus soll ja bald einmal ins Leben hinaus- und in Stellung treten. Ich fürchte mich vor dem Augenblick seines Austrittes aus der Schule. Aber es wird nicht so rasch gehen. An seinem Gesicht kann er, glaube ich, noch ziemlich lange doktoren, was ich ja eigentlich durchaus nicht wünsche, und doch wünsche. Es würde mir so viel fehlen, wenn er abginge. Er kann noch früh genug zu einem Herrn kommen, der seine Qualitäten nicht zu schätzen wissen wird, und ich werde früh genug einen Menschen, den ich liebe, ohne daß er es weiß, entbehren müssen.

An all diesen Zeilen schreibe ich meist abends, bei der Lampe, an dem großen Schultisch, an welchem wir Zöglinge so oft stumpfsinnig oder nicht stumpfsinnig sitzen müssen. Kraus ist manchmal sehr neugierig und guckt mir über die Achsel. Einmal habe ich ihn zurechtgewiesen: «Aber Kraus, bitte sage mir, seit wann bekümmerst du dich um Sachen, die dich nichts angehen?» – Er war sehr ärgerlich, wie alle sind, die sich auf den heimlichen Pfaden der schleichenden Neugierde ertappen lassen. Manchmal sitze ich ganz allein bis in die spätere Nacht müßig auf einer Bank im öffentlichen Park. Die Laternen sind angezündet, das grelle elektrische Licht stürzt zwischen den Blättern der Bäume flüssig und brennend nieder. Alles ist heiß und verspricht fremdartige Heimlichkeiten. Leute spazieren hin und her. Es flüstert zu den versteckten Parkwegen heraus. Dann gehe ich heim und finde die Türe verschlossen. «Schacht», rufe ich leise, und der Kamerad wirft mir verabredetermaßen den Schlüssel auf den Hof hinunter. Ich schleiche auf Fußspitzen, da das lange Ausbleiben verboten ist, in die Kammer und lege mich ins Bett. Und dann träume ich. Ich träume oft furchtbare Dinge. So träumte mir eines Nachts, ich hätte Mama, die Liebe und Ferne, ins Gesicht geschlagen. Wie schrie ich da auf und wie jäh erwachte ich. Der Schmerz über die Scheußlichkeit meines eingebildeten Benehmens jagte mich zum Bett heraus. Bei den Ehrfurcht einflößenden Haaren hatte ich die Heilige gerissen und sie zu Boden geworfen. O, nicht an so etwas denken. Die Tränen schossen wie schneidende Strahlen zu den mütterlichen Augen heraus. Ich erinnere mich noch deutlich, wie der Jammer ihr den Mund zerschnitt und zerriß, und wie sie sich im Weh badete, und wie dann der Nacken nach hinten zurücksank. Aber wozu mir diese Bilder von neuem vormalen? Morgen werde ich endlich den Lebenslauf schreiben müssen, oder ich laufe Gefahr, einen bösen Vorwurf zu ernten. Abends, gegen neun Uhr, singen wir Knaben immer ein kurzes Gutenachtlied. Wir stehen im Halbkreis nahe bei der Türe, die in die innern Gemächer führt, und dann geht die Türe auf, Fräulein Benjamenta erscheint auf der Schwelle, ganz in weiße, wohlig herabfallende Gewänder gekleidet, sagt uns «gute Nacht, Knaben», befiehlt uns, uns schlafen zu legen, und ermahnt uns, ruhig zu sein. Dann löscht Kraus jedesmal die Schulzimmerlampe, und von diesem Augenblick an darf kein leisestes Geräusch mehr gemacht werden. Auf den Zehen muß jeder gehen und sein Bett suchen. Ganz merkwürdig ist das alles. Und wo schlafen Benjamentas? Wie ein Engel sieht das Fräulein aus, wenn sie uns gute Nacht sagt. Wie verehre ich sie. Abends läßt sich der Herr Vorsteher überhaupt nie blicken. Ob das nun merkwürdig ist oder nicht, jedenfalls ist es auffallend.

Es scheint, daß das Institut Benjamenta früher mehr Ruf und Zuspruch genossen hat. An einer der vier Wände unseres Schulzimmers hängt eine große Photographie, auf der man die Abbildungen einer ganzen Anzahl Knaben eines früheren Schuljahrganges sehen kann. Unser Schulzimmer ist im übrigen sehr trocken ausstaffiert. Außer dem länglichen Tisch, einigen zehn bis zwölf Stühlen, einem großen Wandschrank, einem kleineren Nebentisch, einem kleineren zweiten Schrank, einem alten Reisekoffer und ein paar anderen geringfügigen Gegenständen enthält es kein Möbel. Über der Türe, die in die geheimnisvolle unbekannte Welt der innern Gemächer führt, hängt als Wandschmuck ein ziemlich langweilig aussehender Schutzmannssäbel mit dito quer darüber gelegtem Futteral. Darüber thront der Helm. Diese Dekoration mutet wie eine Zeichnung oder wie ein zierlicher Beweis der Vorschriften an, die hier gelten. Was mich betrifft, ich möchte diese wahrscheinlich bei einem alten Trödler erhandelten Schmuckstücke nicht geschenkt erhalten. Alle vierzehn Tage werden Säbel und Helm heruntergenommen, um geputzt zu werden, was eine sehr nette, obwohl sicher ganz stupide Arbeit genannt werden muß. Außer diesen Verzierungen hängen im Schulzimmer noch die Bilder des verstorbenen Kaiserpaares. Der alte Kaiser sieht unglaublich friedlich aus, und die Kaiserin hat etwas Schlicht-Mütterliches. Oft putzen und waschen wir Zöglinge das Schulzimmer mit Seife und Warmwasser aus, daß nachher alles von Sauberkeit duftet und glänzt. Alles müssen wir selber machen, und jeder von uns hat zu dieser Zimmermädchenarbeit eine Schürze umgebunden, in welchem an die Weiblichkeit gemahnenden Kleidungsstück wir alle ohne Ausnahme komisch aussehen. Aber es geht lustig zu an solchen Aufräumetagen. Der Fußboden wird fröhlich poliert, die Gegenstände, auch die der Küche, werden blank gerieben, wozu es Lappen und Putzpuder in Menge gibt, Tisch und Stühle werden mit Wasser überschüttet, Türklinken werden glänzend gemacht, Fensterscheiben angehaucht und abgeputzt, jeder hat seine kleine Aufgabe, jeder erledigt etwas. Wir erinnern an solchen Putz-, Reib- und Waschtagen an die märchenhaften Heinzelmännchen, die, wie es bekannt ist, alles Grobe und Mühselige aus reiner übernatürlicher Herzensgüte getan haben. Was wir Zöglinge tun, tun wir, weil wir müssen, aber warum wir müssen, das weiß keiner von uns recht. Wir gehorchen, ohne zu überlegen, was aus all dem gedankenlosen Gehorsam noch eines Tages wird, und wir schaffen, ohne zu denken, ob es recht und billig ist, daß wir Arbeiten verrichten müssen. An solch einem Putztag hat sich mir einmal Tremala, einer der Kameraden, der älteste unter uns allen, mit einem häßlichen Unfug genähert. Er stellte sich leise hinter mich und griff mir mit der abscheulichen Hand (Hände, die das tun, sind roh und abscheulich) nach dem intimen Glied, in der Absicht, mir eine widerliche, an den Kitzel eines Tieres grenzende Wohltat zu erweisen. Ich drehe mich jäh um und schlage den Verruchten zu Boden. Ich bin sonst gar nicht so stark. Tremala ist viel stärker. Aber der Zorn verlieh mir unwiderstehliche Kräfte. Tremala hebt sich empor und wirft sich auf mich, da geht die Türe auf, und Herr Benjamenta steht auf der Schwelle derselben. «Jakob, Schlingel!» ruft er, «Komm einmal her!» Ich trete zu meinem Vorsteher hin, und er frägt gar nicht, wer den Streit angefangen habe, sondern gibt mir einen Schlag an den Kopf und geht weg. Ich will ihm nachlaufen um es ihm entgegenzubrüllen, wie ungerecht er ist, doch ich beherrsche mich, besinne mich, werfe einen Blick über die gesamte Knabenschar und gehe wieder an meine Arbeit. Mit Tremala rede ich seither kein Wort mehr, und auch er weicht mir stets aus, und er weiß warum. Aber ob es ihm leid tut oder dergleichen, das ist mir vollkommen gleichgültig. Die unzarte Angelegenheit ist schon längst, wie soll man sagen, vergessen. Tremala ist früher schon auf den Meerschiffen gewesen. Er ist ein verdorbener Mensch, und es scheint, er freut sich seiner schändlichen Anlagen. Übrigens ist er rasend ungebildet, daher interessiert er mich nicht. Verschmitzt und zugleich unglaublich dumm: wie uninteressant! Aber das Eine hat mir dieser Tremala zu erfahren gegeben: man muß auf alle möglichen Angriffe und Kränkungen stets ein wenig gefaßt sein.

Oft gehe ich aus, auf die Straße, und da meine ich, in einem ganz wild anmutenden Märchen zu leben. Welch ein Geschiebe und Gedränge, welch ein Rasseln und Prasseln. Welch ein Geschrei, Gestampf, Gesurr und Gesumme. Und alles so eng zusammengepfercht. Dicht neben den Rädern der Wagen gehen die Menschen, die Kinder, Mädchen, Männer und elegante Frauen; Greise und Krüppel, und solche, die den Kopf verbunden haben, sieht man in der Menge. Und immer neue Züge von Menschen und Fuhrwerken. Die Wagen der elektrischen Trambahn sehen wie figurenvollgepfropfte Schachteln aus. Die Omnibusse humpeln wie große, ungeschlachte Käfer vorüber. Dann sind Wagen da, die wie fahrende Aussichtstürme aussehen. Menschen sitzen auf den hocherhobenen Sitzplätzen und fahren allem, was unten geht, springt und läuft, über den Kopf weg. In die vorhandenen Mengen schieben sich neue, und es geht, kommt, erscheint und verläuft sich in einem fort. Pferde trampeln. Wundervolle Hüte mit Zierfedern nicken aus offenen, schnell vorbeifahrenden Herrschaftsdroschken. Ganz Europa sendet hierher seine Menschenexemplare. Vornehmes geht dicht neben Niedrigem und Schlechtem, die Leute gehen, man weiß nicht wohin, und da kommen sie wieder, und es sind ganz andere Menschen, und man weiß nicht, woher sie kommen. Man meint, es ein wenig erraten zu können und freut sich über die Mühe, die man sich gibt, es zu enträtseln. Und die Sonne blitzt noch auf dem allem. Dem einen beglänzt sie die Nase, dem andern die Fußspitze. Spitzen treten an Röcken zum glitzernden und sinnverwirrenden Vorschein. Hündchen fahren in Wagen, auf dem Schoß alter, vornehmer Frauen, spazieren. Brüste prallen einem entgegen, in Kleidern und Fassonen eingepreßte, weibliche Brüste. Und dann sind wieder die dummen vielen Zigarren in den vielen Schlitzen von männlichen Mundteilen. Und ungeahnte Straßen denkt man sich, unsichtbare neue und ebensosehr menschenwimmelnde Gegenden. Abends zwischen sechs und acht wimmelt es am graziösesten und dichtesten. Zu dieser Zeit promeniert die beste Gesellschaft. Was ist man eigentlich in dieser Flut, in diesem bunten, nicht endenwollenden Strom von Menschen? Manchmal sind alle diese beweglichen Gesichter rötlich angezärtelt und gemalt von untergehenden Abendsonnengluten. Und wenn es grau ist und regnet? Dann gehen alle diese Figuren, und ich selber mit, wie Traumfiguren rasch unter dem trüben Flor dahin, etwas suchend, und wie es scheint, fast nie etwas Schönes und Rechtes findend. Es sucht hier alles, alles sehnt sich nach Reichtümern und fabelhaften Glücksgütern. Hastig geht man. Nein, sie beherrschen sich alle, aber die Hast, das Sehnen, die Qual und die Unruhe glänzen schimmernd zu den begehrlichen Augen heraus. Dann ist wieder alles ein Baden in der heißen, mittäglichen Sonne. Alles scheint zu schlafen, auch die Wagen, die Pferde, die Räder, die Geräusche. Und die Menschen blicken so verständnislos. Die hohen, scheinbar umstürzenden Häuser scheinen zu träumen. Mädchen eilen dahin, Pakete werden getragen. Man möchte sich jemandem an den Hals werfen. Komme ich heim, so sitzt Kraus da und spottet mich aus. Ich sage ihm, man müsse doch ein wenig die Welt kennen lernen. «Welt kennen lernen?» sagt er, wie in tiefe Gedanken versunken. Und er lächelt verächtlich.

Ungefähr vierzehn Tage nach meinem Eintritt in die Schule ist Hans in unsern Räumen erschienen. Hans ist der rechte Bauernjunge, wie er in Grimms Märchenbuch steht. Er kommt tief aus Mecklenburg, und er duftet nach blumigen üppigen Wiesen, nach Kuhstall und Bauernhof. Schlank, grob und knochig ist er, und er spricht eine wunderliche, gutmütig-bäuerische Sprache, die mir eigentlich gefällt, wenn ich mir Mühe gebe, die Nasenlöcher zuzuhalten. Nicht, als ob Hans etwa übel dünste und dufte. Und doch tut man irgendwelche empfindlichen Nasen zu, meinetwegen geistige, kulturelle, seelische Nasen, und ganz unwillkürlich, womit man den guten Hans auch gar nicht kränken will. Und er merkt so etwas ja gar nicht, dazu sieht, horcht und empfindet dieser Landmensch viel zu gesund und zu schlicht. Etwas wie die Erde selber und Erdrinnen und -krümmungen tritt einem entgegen, wenn man sich in den Anblick dieses Burschen vertieft, aber zu vertiefen braucht man sich gar nicht. Hans fordert keinen gedankenvollen Tiefsinn heraus. Er ist mir nicht gleichgültig, durchaus nicht, aber, wie soll ich sagen, ein wenig fern und leicht. Man nimmt ihn ganz leicht, weil er nichts hat, das schwer zu ertragen wäre, weil es Empfindungen wachriefe. Der Grimmsche Märchenbauernjunge. Etwas Uralt-Deutsches und Angenehmes, verständlich und wesentlich auf den ersten, flüchtigen Blick. Sehr wert, dem Ding ein guter Kamerad zu sein. Hans wird im späteren Leben schwer arbeiten, ohne zu seufzen. Er wird Mühen und Sorgen und Mißgeschicke kaum recht wahrnehmen. Er strotzt ja von Kraft und Gesundheit. Und dazu ist er nicht unhübsch. Überhaupt: ich muß bald lachen über mich selber: ich finde an allem und in allem irgend etwas Geringfügig-Hübsches. Ich mag sie alle so gern leiden, meine Zöglinge da, die Schulkameraden.

Bin ich der geborne Großstädter? Sehr leicht möglich. Ich lasse mich fast nie betäuben oder überraschen. Etwas unsagbar Kühles ist trotz der Aufregungen, die mich überfallen können, an mir. Ich habe die Provinz in sechs Tagen abgestreift. Übrigens bin ich in einer allerdings ganz, ganz kleinen Weltstadt aufgewachsen. Ich habe Stadtwesen und -empfinden mit der mütterlichen Milch eingesogen. Ich sah als Kind johlende, betrunkene Arbeiter hin und her taumeln. Die Natur ist mir schon als ganz klein als etwas Himmlisch-Entferntes vorgekommen. So kann ich die Natur entbehren. Muß man denn nicht auch Gott entbehren? Das Gute, Reine und Hohe irgend, irgendwo versteckt in Nebeln zu wissen und es leise, ganz, ganz still zu verehren und anzubeten, mit gleichsam total kühler und schattenhafter Inbrunst: daran bin ich gewöhnt. Ich sah als Kind eines Tages einen im Blut schwimmenden, von zahlreichen Messerstichen durchbohrten, wälschen Fabrikarbeiter an einer Mauer tot daliegen. Und ein anderes Mal, es war zu Ravachols Zeiten, hieß es unter der Jugend, es werden auch bei uns bald Bomben geschleudert werden usw. Alte Zeiten. Ich wollte von etwas ganz anderem sprechen, nämlich von Kamerad Peter, dem langen Peter. Dieser hochaufgeschossene Knabe ist zu drollig, er stammt aus Teplitz in Böhmen und kann slawisch und deutsch sprechen. Sein Vater ist Schutzmann, und Peter ist in einem Seilergeschäft kaufmännisch erzogen worden, er scheint aber den Unwissenden, Unbrauchbaren und Ungeratenen gespielt zu haben, was ich, ganz für mich, sehr niedlich finde. Er sagt, er rede auch ungarisch und polnisch, wenn es von ihm verlangt werde. Aber hier verlangt kein Mensch so etwas von ihm. Was für ausgedehnte Sprachenkenntnisse! Peter ist ganz entschieden der Dümmste und Unbeholfenste unter uns Eleven, und das belegt und bekränzt ihn in meinen unmaßgeblichen Augen mit Auszeichnungen, denn unglaublich lieb sind mir die Dummen. Ich hasse das alles verstehenwollende, mit Wissen und Witz glänzende und sich breitmachende Wesen. Verschmitzte und gewitzigte Menschen sind mir ein unnennbarer Greuel. Wie nett ist doch gerade in diesem Punkt Peter. Schon, daß er so lang ist, zum Mittenentzweibrechen lang, ist schön, aber noch viel schöner ist die Gutherzigkeit, die ihm beständig einflüstert, er sei Kavalier und habe das Aussehen eines edlen und eleganten Verbummelten. Zum Kugeln ist das. Er redet immer von erlebten, aber sehr wahrscheinlich nicht erlebten Abenteuern. Nun, das ist wahr, Peter besitzt den feinsten und zierlichsten Spazierstock der Welt. Und nun zieht er stets los und geht in den belebtesten Straßen mit seinem Spazierstock spazieren. Ich traf ihn einmal in der F...straße. Die F...straße ist der entzückende Brennpunkt des hiesigen Großstadtweltlebens. Schon aus weiter Ferne winkte er mir mit Hand, Kopfnicken und Spazierstockschwenken. Dann, wie ich in seiner Nähe war, schaute er mich väterlich-sorgenvoll an, als hätte er sagen wollen: «Was, du auch hier? Jakob, Jakob, das ist noch nichts für dich.» – Und dann verabschiedete er sich wie einer der Großen dieses Erdenlebens, wie ein Weltblattredakteur, der die hochkostbare Zeit nicht zu verlieren hat. Und dann sah ich sein rundes dummes nettes Hütchen in der Menge anderer Köpfe und Hüte verschwinden. Er tauchte, wie man so sagt, in der Masse unter. Peter lernt absolut nichts, obgleich er es in so humorvoller Weise nötig hätte, und in das Institut Benjamenta ist er scheinbar nur deshalb eingetreten, um hier mit köstlichen Dummheiten zu glänzen. Vielleicht wird er hier sogar noch um wesentliche Portionen dümmer, als er war, und warum sollte sich seine Dummheit denn eigentlich nicht entfalten dürfen? Ich zum Beispiel bin überzeugt, daß Peter im Leben unverschämt viel Erfolg davontragen wird, und seltsam: ich gönne es ihm. Ja, ich gehe noch weiter. Ich habe das Gefühl, und es ist ein sehr trostreiches, prickelndes und angenehmes, daß ich später einmal solch einen Herrn, Gebieter und Vorgesetzten bekommen werde, wie Peter einer sein wird, denn solche Dummen, wie er einer ist, sind zum Avancieren, Hochkommen, Wohlleben und Befehlen geschaffen, und solche in gewissem Sinn Gescheite, wie ich, sollen den guten Drang, den sie besitzen, im Dienst anderer blühen und entkräften lassen. Ich, ich werde etwas sehr Niedriges und Kleines sein. Die Empfindung, die mir das sagt, gleicht einer vollendeten, unantastbaren Tatsache. Mein Gott, und ich habe trotzdem so viel, so viel Mut, zu leben? Was ist mit mir? Oft habe ich ein wenig Angst vor mir, aber nicht lange. Nein, nein, ich vertraue mir. Aber ist das nicht geradezu komisch?

Für meinen Mitschüler Fuchs habe ich nur einen einzigen sprachlichen Ausdruck: Fuchs ist schräg, Fuchs ist schief. Er spricht wie ein mißlungener Purzelbaum und benimmt sich wie eine große, zu Menschenform zusammengeknetete Unwahrscheinlichkeit. Alles an ihm ist unsympathisch, daher unbeherzigenswert. Über Fuchs etwas zu wissen, das ist Mißbrauch, unfeiner, störender Überfluß. Man kennt solche Schlingel nur, um sie zu verachten; da man aber überhaupt nicht gern irgend etwas verächtlich finden will, vergißt oder übersieht man das Ding. Ein Ding, ja, das ist er. O Gott, muß ich heute böse reden? Fast möchte ich mich dafür hassen. Fort, zu irgend etwas Schönerem. – Herrn Benjamenta sehe ich sehr selten. Zuweilen trete ich in das Bureau ein, verbeuge mich bis zur Erde, sage «guten Tag, Herr Vorsteher» und frage den Herrscherähnlichen, ob ich ausgehen darf. «Hast du den Lebenslauf geschrieben? Wie?» werde ich gefragt. Ich antworte: «Noch nicht. Aber ich werde es tun.» Herr Benjamenta tritt auf mich zu, das heißt bis zum Schalter, an welchem ich stehe, und drückt mir die riesige Faust vor die Nase. «Du wirst pünktlich sein, Bursch, oder – – – du weißt, was es absetzt.» – Ich verstehe ihn, ich verbeuge mich wieder und verschwinde. Seltsam, wieviel Lust es mir bereitet, Gewaltausübende zu Zornesausbrüchen zu reizen. Sehne ich mich denn eigentlich danach, von diesem Herrn Benjamenta gezüchtigt zu werden? Leben in mir frivole Instinkte? Alles, alles, selbst das Niederträchtigste und Unwürdigste, ist möglich. Nun gut, bald werde ich den Lebenslauf ja schreiben. Ich finde Herrn Benjamenta geradezu schön. Ein herrlicher brauner Bart – was? Herrlicher brauner Bart? Ich bin ein Dummkopf. Nein, am Herrn Vorsteher ist nichts schön, nichts herrlich, aber man ahnt hinter diesem Menschen schwere Schicksalswege und -schläge, und dieses Menschliche ist es, dieses beinahe Göttliche ist es, was ihn schön macht. Wahre Menschen und Männer sind nie sichtbar schön. Ein Mann, der einen wirklich schönen Bart trägt, ist ein Opernsänger oder der gutbezahlte Abteilungschef eines Warenhauses. Scheinmänner sind in der Regel schön. Immerhin kann es auch Ausnahmen und männliche Schönheiten, erfüllt von Tüchtigkeit, geben. Herrn Benjamentas Gesicht und Hand (die ich schon zu spüren bekommen habe) haben Ähnlichkeit mit knorrigen Wurzeln, mit Wurzeln, die zu irgendeiner traurigen Stunde schon irgendwelchen unbarmherzigen Beilhieben haben widerstehen müssen. Wäre ich eine Dame von Noblesse und Geist, ich wüßte Männer, wie diesen scheinbar so armseligen Institutsvorsteher, unbedingt auszuzeichnen, aber wie ich vermute, verkehrt Herr Benjamenta gar nicht in der Gesellschaft, die die Welt bedeutet. Er sitzt eigentlich immer zu Hause, er hält sich ohne Zweifel so auf eine Art im Verborgenen auf, er verkriecht sich «in der Einsamkeit», und in der Tat, schauderhaft einsam muß dieser sicher edle und kluge Mann dahinleben. Irgendwelche Ereignisse müssen auf diesen Charakter einen tiefen, vielleicht sogar vernichtenden Eindruck gemacht haben, aber was weiß man? Ein Eleve des Institutes Benjamenta, was, was kann ein solcher wissen? Aber ich forsche wenigstens immer. Um zu forschen, sonst um nichts anderen willen trete ich öfters in das Kontor und richte so läppische Fragen, wie die: «Darf ich ausgehen, Herr Vorsteher?» an den Mann. Ja, dieser Mensch hat es mir angetan, er interessiert mich. Auch die Lehrerin erweckt mein höchstes Interesse. Ja, und deshalb, um etwas herauszukriegen aus all diesem Geheimnisvollen, reize ich ihn, damit ihm etwas wie eine unvorsichtige Bemerkung entfahre. Was schadet es mir, wenn er mich schlägt? Mein Wunsch, Erfahrungen zu machen, wächst zu einer herrischen Leidenschaft heran, und der Schmerz, den mir der Unwille dieses seltsamen Mannes verursacht, ist nur klein gegen die bebende Begierde, ihn zu verleiten, sich ein wenig mir gegenüber auszusprechen. O ich träume davon – herrlich, herrlich –, dieses Menschen hervorbrechendes Vertrauen zu besitzen. Nun, es wird noch lange dauern, aber ich glaube, ich glaube, ich bringe es fertig, in das Geheimnis der Benjamentas endlich noch einzudringen. Geheimnisse lassen einen unerträglichen Zauber vorausahnen, sie duften nach etwas ganz, ganz unsäglich Schönem. Wer weiß, wer weiß. Ah – – –

Ich liebe den Lärm und die fortlaufende Bewegung der Großstadt. Was unaufhörlich fortläuft, zwingt zur Sitte. Dem Dieb zum Beispiel, wenn er all die regsamen Menschen sieht, muß unwillkürlich einfallen, was für ein Spitzbube er ist, nun, und der fröhlich-bewegliche Anblick kann Besserung in sein verfallenes, ruinenartiges Wesen schütten. Der Prahlhans wird vielleicht etwas bescheidener und nachdenklicher, wenn er all die Kräfte, die sich schaffend zeigen, erblickt, und der Unschickliche sagt sich möglicherweise, wenn ihm die Schmiegsamkeit der Vielen ins Auge fällt, er sei doch ein entsetzlicher Wicht, derart auf der Breitspurigkeit und Anmaßung dumm und eitel zu thronen. Die Großstadt erzieht, sie bildet, und zwar durch Beispiele, nicht durch trockene, den Büchern entnommene Lehrsätze. Es ist nichts Professorales da, und das schmeichelt, denn die aufgetürmte Wissenswürde entmutigt. Und dann ist hier noch so vieles, was fördert, hält und hilft. Man kann es kaum sagen. Wie schwer ist es, Feinem und Gutem lebendigen Ausdruck zu geben. Man ist hier dem bescheidenen Leben schon dankbar, man dankt immer ein wenig, indem es einen treibt, indem man es eilig hat. Wer Zeit zu verschwenden hat, weiß nicht, was sie bedeutet, und er ist der natürliche, blöde Undankbare. In der Großstadt fühlt jeder Laufbursche, daß Zeit etwas wert ist, und jeder Zeitungsverkäufer will seine Zeit nicht vertrödeln. Und dann das Traumhafte, das Malerische und Dichterische! Menschen eilen und wirken immer an einem vorbei. Nun, das hat etwas zu bedeuten, das regt an, das setzt den Geist in einen lebhafteren Schwung. Während man zaudernd steht, sind schon Hunderte, ist bereits hunderterlei einem am Kopf und Blick vorübergegangen, das beweist einem so recht deutlich, welch ein Versäumer und träger Verschieber man ist. Man hat es hier allgemein eilig, weil man jeden Augenblick der Meinung ist, es sei hübsch, etwas erkämpfen und erhaschen zu gehen. Das Leben erhält einen reizenderen Atem. Die Wunden und Schmerzen werden tiefer, die Freude frohlockt fröhlicher und länger als anderswo, denn wer sich hier freut, der scheint es stets sauer und rechtschaffen durch Arbeit und Mühe verdient zu haben. Dann sind wieder die Gärten, die so still und verloren hinter den zierlichen Gittern liegen wie heimliche Winkel in englischen Parklandschaften. Dicht daneben rauscht und poltert der geschäftliche Verkehr, als wenn es nie Landschaften oder Träumereien im Leben gegeben hätte. Die Eisenbahnzüge donnern über die zitternden Brücken. Abends glitzern die märchenhaft reichen und eleganten Schaufenster, und Ströme, Schlangen und Wellen von Menschen wälzen sich am ausgestellten, lockenden Industrie-Reichtum vorbei. Ja, das alles erscheint mir gut und groß. Man gewinnt, indem man mitten im Gestrudel und Gesprudel ist. Man empfindet etwas Gutes an den Beinen, an den Armen und in der Brust, indem man sich Mühe gibt, sich schicklich und ohne viel Federlesens durch all den lebendigen Kram hin durchzuwinden. Am Morgen scheint alles neu zu leben, und am Abend sinkt alles einer neuen, nie empfundenen Träumerei in die wildumschlingenden Arme. Das ist sehr dichterisch. Fräulein Benjamenta würde mich ganz gehörig zurechtweisen, wenn sie lesen würde, was ich hier schreibe. Von Kraus nicht zu reden, der macht zwischen Dorf und Stadt keinen so leidenschaftlichen Unterschied. Kraus erblickt erstens Menschen, zweitens Pflichten und drittens höchstens noch Ersparnisse, die er zurücklegen wird, wie er denkt, um sie seiner Mutter zu schicken. Kraus schreibt immer nach Hause. Er besitzt eine ebenso einfache wie rein menschliche Bildung. Das Großstadtgetriebe mit all seinen vielen törichten glitzernden Versprechungen läßt ihn vollständig kalt. Welch eine rechtschaffene, zarte, feste Menschenseele.

Endlich sind meine Photographien fertig geworden. Ich blicke sehr, sehr energisch in die Welt hinein auf dem wirklich gut gelungenen Bild. Kraus will mich ärgern und sagt, ich sehe wie ein Jude aus. Endlich, endlich lacht er ein wenig. «Kraus», sage ich, «bitte, bedenke, auch die Juden sind Menschen.» Wir zanken über den Wert und über den Unwert der Juden und unterhalten uns damit prachtvoll. Ich wundere mich, welche guten Meinungen er hat. «Die Juden haben alles Geld», meint er. Ich nicke dazu, ich bin einverstanden, und ich sage: «Das Geld macht die Menschen erst zu Juden. Ein armer Jude ist kein Jude, und reiche Christen, ich pfeife, das sind noch die ärgsten Juden.» – Er nickt. Endlich, endlich einmal habe ich dieses Menschen Beifall gefunden. Aber er ärgert sich schon wieder und sagt sehr ernsthaft: «Schwatz nicht immer. Was soll das mit den Juden und mit den Christen. Das gibt es gar nicht. Es gibt liederliche und brave Menschen. Das ist es. Und was glaubst du, Jakob? Zu welcher Sorte gehörst du?» – Und nun unterhalten wir uns erst recht noch lange. O, Kraus redet sehr gern mit mir, ich weiß es. Die gute, feine Seele. Er mag es nur nicht zugeben. Wie liebe ich Menschen, die sich nicht gern Geständnisse machen. Kraus hat Charakter: Wie deutlich man das fühlt. – Den Lebenslauf habe ich allerdings geschrieben, aber ich habe ihn wieder zerrissen. Fräulein Benjamenta ermahnte mich gestern, aufmerksamer und folgsamer zu sein. Ich habe die schönsten Vorstellungen von Gehorsamkeit und Aufmerksamkeit, und sonderbar: es entwischt mir. Ich bin tugendhaft in der Einbildung, aber wenn es darauf ankommt, Tugenden auszuüben? Wie dann? Nicht wahr, ja, dann ist es eben etwas ganz anderes, dann versagt man, dann ist man unwillig. Übrigens bin ich unhöflich. Ich schwärme sehr für die Ritterlichkeit und Höflichkeit, wenn es aber gilt, der Lehrerin vorauszueilen und ihr die Türe ehrfürchtig zu öffnen, wer ist dann der Flegel, der am Tisch sitzen bleibt? Und wer springt wie der Sturmwind, um sich artig zu erweisen? Ei, Kraus. Kraus ist Ritter von Kopf bis zu Fuß. Er gehört eigentlich ins Mittelalter, und es ist sehr schade, daß ihm kein zwölftes Jahrhundert zur Verfügung steht. Er ist die Treue, der Diensteifer und das unauffällige, selbstlose Entgegenkommen selber. Über Frauen hat er kein Urteil, er verehrt sie bloß. Wer hebt das Fallengelassene vom Boden auf und reicht es eichhornhaft schnell dem Fräulein? Wer springt zum Haus hinaus auf Kommissionen? Wer trägt der Lehrerin die Markttasche nach? Wer scheuert die Treppe und Küche, ohne daß man es ihm hat befehlen müssen? Wer tut das alles und frägt nicht nach Dank? Wer ist so herrlich, so gewaltig in sich selbst froh? Wie heißt er? Ah, ich weiß es schon. Manchmal möchte ich von diesem Kraus gehauen sein. Aber Menschen wie er, wie könnten sie hauen. Kraus will nur Rechtes und Gutes. Das ist durchaus nicht übertrieben gesprochen. Er hat nie schlechte Absichten. Seine Augen sind erschreckend gut. Dieser Mensch, was will er eigentlich in solch einer auf die Phrase, Lüge und Eitelkeit gestellten und abgerichteten Welt? Sieht man Kraus an, dann fühlt man unwillkürlich, wie unrettbar verloren die Bescheidenheit in der Welt ist.

Ich habe meine Uhr verkauft, um Zigarettentabak kaufen zu können. Ich kann ohne Uhr, aber nicht ohne Tabak leben, das ist schändlich, aber es ist zwingend. Ich muß irgendwie zu ein wenig Geld gelangen, sonst wird es mir bald an reiner Wäsche fehlen. Saubere Hemdkragen sind mir ein Bedürfnis. Das Glück eines Menschen hängt nicht und hängt doch von solchen Dingen ab. Glück? Nein. Aber man soll anständig sein. Reinlichkeit allein ist ein Glück. Ich schwatze. Wie hasse ich all die treffenden Worte. Heute hat Fräulein geweint. Warum? Mitten in der Schulstunde stürzten ihr plötzlich die Tränen aus den Augen. Das berührt mich seltsam. Jedenfalls werde ich die Augen offen behalten. Es macht mir Spaß, auf irgend etwas, was keinen Ton geben will, zu horchen. Ich passe auf, und das verschönert das Leben, denn ohne aufpassen zu müssen, gibt es eigentlich gar kein Leben. Es ist klar, Fräulein Benjamenta hat einen Kummer, und es muß ein heftiger Kummer sein, da sich unsere Lehrerin sonst sehr gut zu beherrschen weiß. Ich muß Geld haben. Übrigens habe ich den Lebenslauf jetzt geschrieben. Er lautet folgendermaßen.

Lebenslauf

Unterzeichneter, Jakob von Gunten, Sohn rechtschaffener Eltern, den und den Tag geboren, da und da aufgewachsen, ist als Eleve in das Institut Benjamenta eingetreten, um sich die paar Kenntnisse anzueignen, die nötig sind, in irgend jemandes Dienste zu treten. Ebenderselbe macht sich durchaus vom Leben keine Hoffnungen. Er wünscht, streng behandelt zu werden, um erfahren, was es heißt, sich zusammenraffen müssen. Jakob von Gunten verspricht nicht viel, aber er nimmt sich vor, sich brav und redlich zu verhalten. Die von Gunten sind ein altes Geschlecht. In früheren Zeiten waren sie Krieger, aber die Rauflust hat nachgelassen, und heute sind sie Großräte und Handelsleute, und der Jüngste des Hauses, Gegenstand dieses Berichtes, hat sich entschlossen, gänzlich von aller hochmütigen Tradition abzufallen. Er will, daß das Leben ihn erziehe, nicht erbliche oder irgend adlige Grundsätze. Allerdings ist er stolz, denn es ist ihm unmöglich, die angeborne Natur zu verleugnen, aber er versteht unter Stolz etwas ganz Neues, gewissermaßen der Zeit, in der er lebt, Entsprechendes. Er hofft, daß er modern, einigermaßen geschickt zu Dienstleistungen und nicht ganz dumm und unbrauchbar ist, aber er lügt, er hofft das nicht nur, sondern er behauptet und weiß es. Er hat einen Trotzkopf, in ihm leben eben noch ein wenig die ungebändigten Geister seiner Vorfahren, doch er bittet, ihn zu ermahnen, wenn er trotzt, und wenn das nichts nützt, zu züchtigen, denn dann glaubt er, nützt es. Im übrigen wird man ihn zu behandeln wissen müssen. Der Unterzeichnete glaubt, sich in jede Lage schicken zu können, es ist ihm daher gleichgültig, was man ihm zu tun befehlen wird, er ist der festen Überzeugung, daß jede sorgsam ausgeführte Arbeit für ihn eine größere Ehre sein wird als das müßig und ängstlich zu Hause Hinter-dem-Ofen-Sitzen. Ein von Gunten sitzt nicht hinter dem Ofen. Wenn die Ahnen des gehorsam Unterzeichneten das ritterliche Schwert geführt haben, so handelt der Nachkomme traditionell, wenn er glühend heiß begehrt, sich irgendwie nützlich zu erweisen. Seine Bescheidenheit kennt keine Grenzen, wenn man seinem Mut schmeichelt, und sein Eifer, zu dienen, gleicht seinem Ehrgeiz, der ihm befiehlt, hinderliche und schädliche Ehrgefühle zu verachten. Zu Hause hat Immerderselbe seinen Geschichtslehrer, den ehrenwerten Herrn Doktor Merz, durchgeprügelt, eine Schandtat, die er bedauert. Heute sehnt er sich danach, den Hochmut und die Überhebung, die ihn vielleicht zum Teil noch beseelen, am unerbittlichen Felsen harter Arbeit zerschmettern zu dürfen. Er ist wortkarg und wird Vertraulichkeiten niemals ausplaudern. Er glaubt weder an ein Himmelreich noch an eine Hölle. Die Zufriedenheit desjenigen, der ihn engagiert, wird sein Himmel, und das traurige Gegenteil seine vernichtende Hölle sein, aber er ist überzeugt, daß man mit ihm und dem, was er leistet, zufrieden sein wird. Dieser feste Glaube gibt ihm den Mut, der zu sein, der er ist.

Jakob von Gunten.

Ich habe den Lebenslauf Herrn Vorsteher überreicht. Er hat ihn durchgelesen, ich glaube, sogar zweimal, und das Schreiben scheint ihm gefallen zu haben, denn es trat etwas wie ein schimmerndes Lächeln auf seine Lippen. O gewiß, ich habe meinen Mann scharf beobachtet. Ein wenig gelächelt hat er, das ist und bleibt Tatsache. Also endlich ein Zeichen von etwas Menschlichem. Was muß man doch für Sprünge machen, Menschen, denen man die Hände küssen möchte, zu einer nur ganz flüchtigen freundlichen Regung zu bewegen. Absichtlich, absichtlich habe ich den Lauf meines Lebens so stolz und frech geschrieben: «Da lies es. Wie? Reizt es dich nicht, mir das Ding ins Gesicht zu schmeißen?» – Das sind meine Gedanken gewesen. Und da hat er ganz schlau und fein gelächelt, dieser schlaue und feine Herr Vorsteher, den ich leider, leider Gottes über alles verehre. Und ich hab' es bemerkt. Es ist ein Vorpostengefecht gewonnen. Heute muß ich unbedingt noch irgendeinen Streich verüben. Ich muß mich sonst kaputtfreuen, kaputtlachen. Aber Fräulein Vorsteher weint? Was ist das? Warum bin ich so seltsam glücklich? Bin ich verrückt?

Ich muß jetzt etwas berichten, was vielleicht einigen Zweifel erregt. Und doch ist es durchaus Wahrheit, was ich sage. Es lebt ein Bruder von mir in dieser gewaltigen Stadt, mein einziger Bruder, ein meiner Ansicht nach außerordentlicher Mensch, Johann heißt er, und er ist so etwas wie ein namhaft bekannter Künstler. Ich weiß um seine jetzige Stellung in der Welt nichts Bestimmtes, da ich es vermieden habe, ihn zu besuchen. Ich werde nicht zu ihm gehen. Begegnen wir uns zufällig auf der Straße und erkennt er mich und tritt auf mich zu: schön, dann ist es mir lieb, seine brüderliche Hand kräftig zu schütteln. Aber herausfordern werde ich solch ein Begegnen nie, nie im Leben. Was bin ich, und was ist er? Was ein Zögling des Institutes Benjamenta ist, das weiß ich, es liegt auf der Hand. Solch ein Zögling ist eine gute runde Null, weiter nichts. Aber was mein Bruder zur Stunde ist, das kann ich nicht wissen. Er ist vielleicht umgeben von lauter feinen, gebildeten Menschen und von weiß Gott was für Formalitäten, und ich respektiere Formalitäten, deshalb suche ich nicht einen Bruder auf, wo mir möglicherweise ein soignierter Herr unter gezwungenem

Lächeln entgegentritt. Ich kenne ja Johann von Gunten von früher her. Er ist ein durchaus ebenso kühl abwägender und berechnender Mensch wie ich und wie alle Gunten, aber er ist viel älter, und im Altersunterschied zweier Menschen und Brüder können unübersteigliche Grenzen liegen. Jedenfalls ließe ich mir von ihm keine guten Lehren erteilen, und das ist es gerade, was ich befürchte, das er tun wird, wenn er mich zu Gesicht bekommt, denn wenn er mich so arm und unbedeutend vor sich sieht, wird es ihn, den Gutsituierten, doch ganz sicher reizen, mich meine niedrige Position von oben herab leicht fühlen zu lassen, und das würde ich nicht ertragen können, ich würde den von Guntenschen Stolz hervorkehren und entschieden grob werden, was mir hinterher dann doch nur weh täte. Nein, tausendmal nein. Was? Von meinem Bruder, vom selben Blut Gnade annehmen? Tut mir sehr leid. Das ist unmöglich. Ich stelle mir ihn sehr fein vor, die beste Zigarette der Welt rauchend, und liegend auf den Kissen und Teppichen der bürgerlichen Behaglichkeit. Und wie? Ja, es ist jetzt in mir so etwas Unbürgerliches, so etwas durchaus Entgegengesetzt-Wohlanständiges, und vielleicht ruht mein Herr Bruder mitten drinnen im schönsten, prächtigsten Welt-Anstand. Es ist beschlossen: wir beide sehen uns nicht, vielleicht nie! Und das ist auch gar nicht nötig. Nicht nötig? Gut, lassen wir das. Ich Schafskopf, da rede ich wie eine ganze würdevolle Lehrerschaft per wir. – Um meinen Bruder herum gibt es sicher das beste, gewählteste Salon-Benehmen. Merci. O, ich danke. Da werden Frauen sein, die den Kopf zur Türe herausstrecken und schnippisch fragen: «Wer ist denn jetzt wieder da? Wie? Ist es vielleicht ein Bettler?» – Verbindlichsten Dank für solch einen Empfang. Ich bin zu gut, um bemitleidet zu werden. Duftende Blumen im Zimmer! O ich mag gar keine Blumen. Und gelassenes Weltwesen? – Scheußlich. Ja, gern, sehr gern sähe ich ihn. Aber wenn ich ihn so sähe, so sähe im Glanz und im Behagen: futsch wäre die Empfindung, hier stehe ein Bruder, und ich würde nur Freude lügen dürfen, und er auch. Also nicht.

In der Unterrichtsstunde sitzen wir Schüler, starr vor uns herblickend, da, unbeweglich. Ich glaube, man darf sich nicht einmal die persönliche Nase putzen. Die Hände ruhen auf den Kniescheiben und sind während des Unterrichts unsichtbar. Hände sind die fünffingrigen Beweise der menschlichen Eitelkeit und Begehrlichkeit, daher bleiben sie unter dem Tisch hübsch verborgen. Unsere Schülernasen haben die größte geistige Ähnlichkeit miteinander, sie scheinen alle mehr oder weniger nach der Höhe zu streben, wo die Einsicht in die Wirrnisse des Lebens leuchtend schwebt. Nasen von Zöglingen sollen stumpf und gestülpt erscheinen, so verlangen es die Vorschriften, die an alles denken, und in der Tat, unsere sämtlichen Riechwerkzeuge sind demütig und schamhaft gebogen. Sie sind wie von scharfen Messern kurzgehauen. Unsere Augen blicken stets ins gedankenvolle Leere, auch das will die Vorschrift. Eigentlich sollte man gar keine Augen haben, denn Augen sind frech und neugierig, und Frechheit und Neugierde sind von fast jedem gesunden Standpunkt aus verdammenswert. Ziemlich ergötzlich sind die Ohren von uns Zöglingen. Sie wagen alle kaum zu horchen vor lauter gespannten Horchens. Sie zucken immer ein wenig, als fürchteten sie, von hinten plötzlich mahnend gezogen und in die Weite und Breite gerissen zu werden. Arme Ohren das, die derart Angst ausstehen müssen. Schlägt der Ton eines Rufes oder Befehls an diese Ohren, so vibrieren und zittern sie wie Harfen, die berührt und gestört worden sind. Nun, es kommt ja auch vor, daß Zöglingsohren gern ein wenig schlafen, und wie werden sie dann geweckt! Es ist eine Freude. Das Dressierteste an uns ist aber doch der Mund, er ist stets gehorsam und devot zugekniffen. Es ist ja auch nur zu wahr: ein offener Mund ist die gähnende Tatsache, daß der Besitzer desselben mit seinen paar Gedanken meist anderswo sich aufhält als im Bereich und Lustgarten der Aufmerksamkeit. Ein festgeschlossener Mund deutet auf offene, gespannte Ohren, daher müssen die Türen da unten, unter den Nasenflügelfenstern, stets sorgsam verriegelt bleiben. Ein offener Mund ist ein Maul ohne weiteres, und das weiß jeder von uns genau. Lippen dürfen nicht prangen und lüstern blühen in der bequemen natürlichen Lage, sondern sie sollen gefalzt und gepreßt sein zum Zeichen energischer Entsagung und Erwartung. Das tun wir Schüler alle, wir gehen mit unsern Lippen laut bestehender Vorschrift sehr hart und grausam um, und daher sehen wir alle so grimmig wie kommandierende Wachtmeister aus. Ein Unteroffizier will die Mienen seiner Soldaten bekanntlich genau so schnauzig und grimmig haben wie seine, das paßt ihm, denn er hat Humor in der Regel. Im Ernst: Gehorchende sehen meist genau aus wie Befehlende. Ein Diener kann gar nicht anders als die Masken und Allüren seines Herrn annehmen, um sie gleichsam treuherzig fortzupflanzen. Unser verehrtes Fräulein ist ja nun gar kein solcher Feldwebel, im Gegenteil, sie lächelt sehr oft, ja, sie gestattet sich manchmal, uns

Murmeltiere von vorschriftenbefolgenden Menschenkindern einfach auszulachen, aber sie gewärtigt eben, daß wir sie ruhig, und ohne unsere Mienen zu verändern, lachen lassen, und das tun wir auch, wir tun so, als hörten wir den süßen Silberton ihres Gelächters überhaupt gar nicht. Was sind wir für aparte Käuze. Unser Haar ist stets sauber und glatt gekämmt und gebürstet, und jeder hat sich einen geraden Scheitel in die Welt da oben auf dem Kopf einzuschneiden, einen Kanal in die tiefschwarze oder blonde Haar-Erde. So gehört sich's. Scheitel sind nun einmal auch vorschriftsmäßig. Und daher, weil wir so reizend frisiert und gescheitelt sind, sehen wir uns alle eigentlich ähnlich, was für einen Schriftsteller zum Beispiel zum Totlachen wäre, wenn er uns besuchte, um uns in unserer Herrlichkeit und Wenigkeit zu studieren. Mag dieser Herr Schriftsteller zu Hause bleiben. Windbeutel sind das, die nur studieren, malen und Beobachtungen anstellen wollen. Man lebe, dann beobachtet sich's ganz von selber. Unser Fräulein Benjamenta würde übrigens solch einen hergewanderten, -geregneten und -geschneiten Artikelschreiber derart anherrschen, daß er vor Schreck über die Unfreundlichkeit des Empfangs zu Boden fiele. Nun, dann würde die Lehrerin, die es liebt, selbstherrlich zu verfahren, vielleicht zu uns sagen: «Geht, helft dem Herrn von der Erde aufstehen.» Und dann würden wir Zöglinge des Institutes Benjamenta dem ungebetenen Gast zeigen, wo die Türe ist. Und das Stück neugierigen Schriftstellertums würde wieder verschwinden. Nein, das sind Phantasien. Zu uns kommen Herrschaften, die uns Knaben engagieren wollen, und nicht Leute mit Schreibfedern hinter den Ohren.

Entweder sind die Lehrer unseres Institutes gar nicht vorhanden, oder sie schlafen noch immer, oder sie scheinen ihren Beruf vergessen zu haben. Oder streiken sie vielleicht, weil man ihnen die Monatslöhne nicht ausbezahlt? Wunderliche Gefühle ergreifen mich, wenn ich an die armen Eingeschlummerten und Geistesabwesenden denke. Da sitzen sie nun, oder kauern an den Wänden eines extra für die Ruhebedürftigen eingerichteten Zimmers. Da ist Herr Wächli, der vermeintliche Naturgeschichtslehrer. Sogar im Schlaf hält er noch immer seine Tabakspfeife im Mund eingeklemmt. Schade, er hätte vielleicht besser getan, Bienenzüchter zu werden. Wie rot sein Kopf doch ist und wie fett seine ältliche, weichliche Hand. Und hier nebenan, ist das nicht Herr Blösch, der sehr geehrte Französischlehrer? Ei ja doch, das ist er wahrhaftig, und er lügt, wenn er zu schlafen vorgibt, er ist ein ganz schrecklicher Lügner. Auch seine Schulstunden sind immer nur eine Lüge und papierne Maske gewesen. Wie blaß er aussieht, und wie böse! Er hat ein schlechtes Gesicht, dicke harte Lippen, grobe unbarmherzige Züge: «Schläfst du, Blösch?» Er hört nicht. Er ist eigentlich widerwärtig. Und das, wer ist denn das da? Herr Pfarrer Strecker? Der lange, dürre Herr Pfarrer Strecker, der den Religionsunterricht erteilt? Zum Teufel, ja, er selber ist es. «Schlafen Sie, Herr Pfarrer? Nun, dann schlafen Sie. Es schadet nichts, daß Sie schlafen. Sie versäumen nur Zeit mit Religionsunterrichterteilen. Religion, sehen Sie, taugt heute nichts mehr. Der Schlaf ist religiöser als all Ihre Religion. Wenn man schläft, ist man Gott vielleicht noch am nächsten. Was meinen Sie?» – Er hört nicht. Ich will anderswo anklopfen. He, wer ist denn das hier, der so bequeme Stellungen wählt? Ist es

Merz, Doktor Merz, der die Geschichte Roms lehrt? Ja, er ist es, ich erkenne ihn am Spitzbart. «Sie scheinen mir böse zu sein, Herr Doktor Merz. Nun, schlafen Sie und vergessen Sie die unpassenden Auftritte, die zwischen Ihnen und mir vorgefallen sind, zürnen Sie nicht in Ihren Spitzbart hinein. Übrigens tun Sie gut, zu schlafen. Die Welt dreht sich seit einiger Zeit um Geld und nicht mehr um Geschichte. All die uralten Heldentugenden, die Sie auspacken, spielen ja, wie Sie selbst wissen werden, längst keine Rolle mehr. Ich verdanke Ihnen einige wundervolle Eindrücke. Schlafen Sie wohl.» – Hier aber, wie ich sehe, scheint sich Herr von Bergen, der Knabenquäler von Bergen, angesiedelt zu haben. Tut, als wenn er träume, und erteilt doch so gern, mit so kitzlich-himmlischer Vorliebe, «Tatzen». Oder er kommandiert «Rumpfbeuge vorwärts», und dann ist es ihm solch ein Genuß, aufs Hinterstück des armen Jungen ein Meerrohrgeschenk anzuflicken. Sehr elegante Pariser-Erscheinung, aber grausam. – Und wer ist dieser hier? Progymnasialdirektor Wyß? Sehr nett. Bei rechtlichen Leuten braucht man sich nicht lange aufzuhalten. Und wer ist hier? Bur? Lehrer Bur? «Ich bin entzückt, Sie zu sehen.» Bur ist der genialste gewesene Rechenlehrer des Kontinents. Fürs Institut Benjamenta ist er nur zu freisinnig und zu geistvoll. Kraus und die andern sind keine Schüler für ihn. Er ist zu hervorragend und stellt zu hohe Ansprüche. Hier im Institut existieren keine solchen überspannten Voraussetzungen. Aber ich träume wohl von meinen heimatlichen Lehrern? Dort im Progymnasium gab's Kenntnisse die Menge, hier gibt es etwas ganz anderes. Uns Zöglinge hier wird etwas ganz anderes gelehrt.

Werde ich bald Stellung erhalten? Ich hoffe es. Meine Photographien und meine Bewerbeschreiben machen zusammen, wie ich mir einbilde, einen günstigen Eindruck. Neulich bin ich mit Schilinski in einen ersten Café-Konzert-Raum getreten. Wie hat da Schilinski am ganzen Leib gebebt vor Schüchternheit. Ich benahm mich ungefähr wie sein liebevoller Vater. Der Kellner wagte es, indem er uns von unten bis oben fixierte, uns sitzen zu lassen; da ich ihn aber mit enorm strenger Miene ersuchte, uns gefälligst zu bedienen, wurde er sogleich höflich und brachte uns in hohen, zierlich-geschliffenen Kelchen helles Bier. Ah, man muß auftreten. Wer sich mit gemessenem Anstand in die Brust zu werfen weiß, der wird als Herr behandelt. Man muß Situationen beherrschen lernen. Ich verstehe es ausgezeichnet, meinen Kopf, so, als wenn ich über etwas empört, nein, nur erstaunt wäre, zurückzuwerfen. Ich blicke um mich her, als wollte ich sagen: «Was ist das? Wie? Ist man denn hier toll?» – Das wirkt. Auch habe ich mir ja im Institut Benjamenta gottlob Haltung angeeignet. O mir ist manchmal, als hätte ich es in der Gewalt, mit der Erde und all den Dingen darauf beliebig spielen zu können. Ich verstehe mit einemmal das liebliche Wesen der Frauen. Ihre Koketterien amüsieren mich, und ich erblicke Tiefsinn in ihren trivialen Bewegungen und Redensarten. Wenn man sie nicht versteht, wenn sie eine Tasse zum Mund führen oder den Rock raffen, so versteht man sie nie. Ihre Seelen trippeln mit den hochaufgeschweiften Absätzen ihrer süßen Stiefelchen, und ihr Lächeln ist beiderlei: eine alberne Angewohnheit und ein Stück Weltgeschichte. Ihr Hochmut und ihr geringer Verstand sind reizend, reizender als die Werke der

Klassiker. Oft sind ihre Untugenden das Tugendhafteste unter der Sonne, und wenn sie erst wütend werden, und zürnen? Nur Frauen verstehen zu zürnen. Doch still. Ich denke an Mama. Wie heilig ist mir das Andenken an die Augenblicke, wo sie zürnte. Doch ruhig, doch still. Was kann ein Schüler des Institutes Benjamenta über alles das wissen?

Ich habe mich nicht bezwingen können, ich bin ins Bureau gegangen, habe mich gewohnheitsgemäß tief verbeugt und habe zu Herrn Benjamenta folgendes gesprochen: «Ich habe Arme, Beine und Hände, Herr Benjamenta, und ich möchte arbeiten, und daher erlaube ich mir, Sie zu bitten, mir recht bald Arbeit und Geldverdienst zu verschaffen. Sie haben allerlei Beziehungen, ich weiß es. Zu Ihnen kommen die allerfeinsten Herrschaften, Leute, die Kronen auf den Aufschlägen ihrer Mäntel tragen, Offiziere, die mit den schneidigen Säbeln rasseln, Damen, deren Schleppen wie kichernde Wellen daherrauschen, ältere Frauen mit enorm viel Vermögen, Greise, die ein halbes Lächeln mit einer Million bezahlen, Menschen von Stand, aber ohne Geist, Menschen, die im Automobil vorfahren, mit einem Wort, Herr Vorsteher, die Welt kommt zu Ihnen.» – «Hüte dich, frech zu werden», warnte er mich, doch ich weiß nicht, ich empfand gar keine Furcht mehr vor seinen Fäusten, und ich sprach weiter, die Worte flogen mir nur so heraus: «Verschaffen Sie mir unbedingt irgendeine anregende Tätigkeit. Übrigens ist meine Meinung die: eine jede Tätigkeit ist anregend. Ich habe schon so viel gelernt bei Ihnen, Herr Vorsteher.» – Er sagte ruhig: «Du hast noch gar nichts gelernt.» – Da nahm ich wieder den Faden auf und sagte: «Gott selbst gebietet mir, ins Leben hinaus zu treten. Doch was ist Gott? Sie sind mein Gott, Herr Vorsteher, wenn Sie mir erlauben, Geld und Achtung verdienen zu gehen.» – Er schwieg eine Weile, dann sagte er: «Du machst jetzt, daß du zum Kontor hinauskommst. Augenblicklich.» – Das ärgerte mich furchtbar. Ich rief laut aus: «Ich erblicke in Ihnen einen hervorragenden Menschen, aber ich irre mich, Sie sind gewöhnlich wie das Zeitalter, in dem Sie leben. Ich werde auf die Straße gehen und dort irgendeinen Menschen anhalten. Man zwingt mich, zum Verbrecher zu werden.» – Ich erkannte die Gefahr, in der ich schwebte. Zugleich mit den Worten, die ich aussprach, war ich zur Türe gesprungen, und jetzt schrie ich wütend: «Adieu, Herr Vorsteher», und drückte mich mit wunderbarer Geschmeidigkeit zur Türe hinaus. Im Korridor blieb ich stehen und lauschte am Schlüsselloch. Es blieb alles ganz mäuschenstill drinnen im Bureau. Ich ging ins Schulzimmer und vertiefte mich in die Lektüre des Buches: «Was bezweckt die Knabenschule?»

Unser Unterricht besteht aus zwei Teilen, einem theoretischen und einem praktischen Teil. Aber beide Abteilungen muten mich auch noch heute wie ein Traum, wie ein sinnloses und zugleich sehr sinnreiches Märchen an. Auswendiglernen, das ist eine unserer Hauptaufgaben. Ich lerne sehr leicht auswendig, Kraus sehr schwer, daher ist er immer am Lernen. Die Schwierigkeiten, die er zu überwinden hat, sind das Geheimnis seines Fleißes und dessen Lösung. Er hat ein schwerfälliges Gedächtnis, und doch prägt er sich, wenn auch mit vieler Mühe, alles fest ein. Das, was er weiß, ist dann in seinem Kopf sozusagen in Metall graviert, und er kann es nicht wieder vergessen. Von Verschwitzen oder dergleichen ist bei ihm keine Rede. Wo wenig gelehrt wird, da paßt ein Kraus hin, demnach paßt er ins Institut Benjamenta vorzüglich. Einer der Grundsätze unserer Schule lautet: «Wenig, aber gründlich.» Nun, in diesem Prinzip steckt Kraus fest, der einen etwas harten Schädel mit auf die Welt bekommen hat. Wenig lernen! Immer wieder dasselbe! Nach und nach fange auch ich an, zu begreifen, was für eine große Welt hinter diesen Worten verborgen ist. Etwas sich in der Tat fest, fest einprägen, für immer! Ich sehe ein, wie wichtig, vor allen Dingen, wie gut und wie würdig das ist. Der praktische oder körperliche Teil unseres Unterrichtes ist eine Art fortwährend wiederholtes Turnen oder Tanzen, ganz gleich, wie man das nennen will. Der Gruß, das Eintreten in eine Stube, das Benehmen gegenüber Frauen oder ähnliches wird geübt, und zwar sehr langfädig, oft langweilig, aber auch hier, wie ich jetzt merke und empfinde, steckt ein tiefverborgener Sinn. Uns Zöglinge will man bilden und formen, wie ich merke, nicht mit Wissenschaften vollpfropfen. Man erzieht uns, indem man uns zwingt, die Beschaffenheit unserer eigenen Seele und unseres eigenen Körpers genau kennen zu lernen. Man gibt uns deutlich zu verstehen, daß allein schon der Zwang und die Entbehrungen bilden, und daß in einer ganz einfachen, gleichsam dummen Übung mehr Segen und mehr wahrhaftige Kenntnisse enthalten sind, als im Erlernen von vielerlei Begriffen und Bedeutungen. Wir erfassen eines ums andere, und haben wir etwas erfaßt, so besitzt es uns quasi. Nicht wir besitzen es, sondern im Gegenteil, was wir scheinbar zu unserem Besitz gemacht haben, herrscht dann über uns. Uns prägt man ein, daß es von wohltuender Wirkung ist, sich an ein festes, sicheres Weniges anzupassen, das heißt sich an Gesetze und Gebote, die ein strenges Äußeres vorschreibt, zu gewöhnen und zu schmiegen. Man will uns vielleicht verdummen, jedenfalls will man uns klein machen. Aber man schüchtert uns durchaus nicht etwa ein. Wir Zöglinge wissen alle, der eine so gut wie der andere, daß Schüchternheit strafbar ist. Wer stottert und Furcht zeigt, setzt sich der Verachtung unseres Fräuleins aus, aber klein sollen wir sein und wissen sollen wir es, genau wissen, daß wir nichts Großes sind. Das Gesetz, das befiehlt, der Zwang, der nötigt, und die vielen unerbittlichen Vorschriften, die uns die Richtung und den Geschmack angeben: das ist das Große, und nicht wir, wir Eleven. Nun, das empfindet jeder, sogar ich, daß wir nur kleine, arme, abhängige, zu einem fortwährenden Gehorsam verpflichtete Zwerge sind. So benehmen wir uns auch: demütig, aber äußerst zuversichtlich. Wir sind alle ohne Ausnahme ein wenig energisch, denn die Kleinheit und Not, in der wir uns befinden, veranlassen uns, fest an die paar Errungenschaften, die wir gemacht haben, zu glauben. Unser Glaube an uns ist unsere Bescheidenheit. Wenn wir an nichts glauben würden, wüßten wir nicht, wie wenig wir sind. Immerhin, wir kleinen jungen Menschen sind irgend etwas. Wir dürfen nicht ausschweifen, nicht phantasieren, es ist uns verboten, weit zu blicken, und das stimmt uns zufrieden und macht uns für jede rasche Arbeit brauchbar. Die Welt kennen wir sehr schlecht, aber wir werden sie kennen lernen, denn wir werden dem Leben und seinen Stürmen ausgesetzt sein. Die Schule Benjamenta ist das

Vorzimmer zu den Wohnräumen und Prunksälen des ausgedehnten Lebens. Hier lernen wir Respekt empfinden und so tun, wie diejenigen tun müssen, die an irgendetwas emporzublicken haben. Ich zum Beispiel bin ein wenig erhaben über alles das, gut, um so besser tun mir auch alle diese Eindrücke. Gerade ich habe nötig, Hochachtung und zutraulichen Respekt vor den Gegenständen der Welt fühlen zu lernen, denn wohin würde ich gelangen, wenn ich das Alter mißachten, Gott leugnen, Gesetze bespotten und meine jugendliche Nase schon in alles Erhabene, Wichtige und Große stecken dürfte? Meiner Ansicht nach krankt gerade hieran die gegenwärtige junge Generation, die Zeter und Mordio schreit und nach Papa und Mama miaut, wenn sie sich Pflichten und Geboten und Beschränkungen ein wenig beugen soll. Nein, nein, hier sind Benjamentas meine lieben leuchtenden Leitsterne, der Herr Bruder sowohl wie das Fräulein, seine Schwester. Ich werde mein Lebenlang an sie denken.

Ich bin meinem Bruder Johann begegnet, und zwar im dichtesten Menschengewimmel. Unser Wiedersehen hat sich sehr freundlich gestaltet. Es war ungezwungen und herzlich. Johann hat sich sehr nett benommen, und ich wahrscheinlich mich auch. Wir sind in ein kleines, verschwiegenes Restaurant getreten und haben dort geplaudert. «Bleib nur der, der du bist, Bruder», sprach Johann zu mir, «fange von tief unten an, das ist ausgezeichnet. Solltest du Hilfe brauchen – –» Ich machte eine leichte, verneinende Handbewegung. Er fuhr fort: «Denn sieh, oben, da lohnt es sich kaum noch zu leben.

Sozusagen nämlich. Versteh mich recht, lieber Bruder.»
– Ich nickte lebhaft, denn es leuchtete mir schon zum
voraus ein, was er mir sagte, aber ich bat ihn, weiterzu-
reden, und er sprach: «Oben, da herrscht solch eine Luft.
Nun, es herrscht eben eine Atmosphäre des Genuggetan-
habens, und das hemmt und engt ein. Ich hoffe, du verstehst mich nicht ganz, denn wenn du mich verstündest,
Bruder, dann wärest du ja eigentlich gräßlich.» – Wir
lachten. Oh, mit einem Bruder zusammen lachen zu
können, das ist sehr hübsch. Er sagte: «Du bist jetzt sozusagen eine Null, bester Bruder. Aber wenn man jung
ist, soll man auch eine Null sein, denn nichts ist so ver-
derblich wie das frühe, das allzufrühe Irgendetwasbedeu-
ten. Gewiß: dir bedeutest du etwas. Bravo. Vortrefflich.
Aber der Welt bist du noch nichts, und das ist fast ebenso
vortrefflich. Immer hoffe ich, du verstehst mich nicht
ganz, denn wenn du mich vollkommen verstündest – –»
«Wäre ich ja gräßlich», fiel ich ihm ins Wort. Wir lachten von neuem. Es war sehr lustig. Ein merkwürdiges
Feuer fing an, mich zu beseelen. Meine Augen brannten.
Das liebe ich übrigens sehr, wenn's mir so verbrannt zumut ist. Mein Kopf ist dann ganz rot. Und Gedanken
voll Reinheit und Hoheit pflegen mich dann zu be-
stürmen. Johann fuhr fort, er sagte folgendes: «Bruder,
bitte, unterbrich mich nicht immer. Dein dummes junges
Gelächter hat etwas Ideenerstickendes. Höre! Paß gut
auf. Was ich dir sage, kann dir vielleicht eines Tages von
Nutzen sein. Vor allen Dingen: komme dir nie verstoßen vor. Verstoßen, Bruder, das gibt es gar nicht, denn
es gibt vielleicht auf dieser Welt gar, gar nichts redlich
Erstrebenswertes. Und doch sollst du streben, leidenschaftlich sogar. Aber damit du nie allzu sehnsüchtig bist:

66

präge dir ein: nichts, nichts Erstrebenswertes gibt es. Es ist alles faul. Verstehst du das? Sieh, ich hoffe immer, du könntest das alles nicht so recht verstehen. Ich mache mir Sorgen.» – Ich sagte: «Leider bin ich zu intelligent, um dich, wie du hoffst, mißverstehen zu können. Aber sei ohne Sorgen. Du erschreckst mich durchaus nicht mit deinen Enthüllungen.» – Wir lächelten uns an. Dann bestellten wir uns Neues zu trinken, und Johann, der übrigens sehr elegant aussah, fuhr fort zu sprechen: «Es gibt ja allerdings einen sogenannten Fortschritt auf Erden, aber das ist nur eine der vielen Lügen, die die Geschäftemacher ausstreuen, damit sie um so frecher und schonungsloser Geld aus der Menge herauspressen können. Die Masse, das ist der Sklave von heute, und der Einzelne ist der Sklave des großartigen Massengedankens. Es gibt nichts Schönes und Vortreffliches mehr. Du mußt dir das Schöne und Gute und Rechtschaffene träumen. Sage mir, verstehst du zu träumen?» – Ich begnügte mich, mit dem Kopf zweimal zu nicken, und ließ Johann, indem ich gespannt aufhorchte, fortreden: «Versuche es, fertig zu kriegen, viel, viel Geld zu erwerben. Am Geld ist noch nichts verpfuscht, sonst an allem. Alles, alles ist verdorben, halbiert, der Zier und der Pracht beraubt. Unsere Städte verschwinden unaufhaltsam vom Erdboden. Klötze nehmen den Raum ein, den Wohnhäuser und Fürstenpaläste eingenommen haben. Das Klavier, lieber Bruder, und das damit verbundene Klimpern! Konzert und Theater fallen von Stufe zu Stufe, auf einen immer tieferen Standpunkt. Es gibt ja allerdings noch so etwas wie eine tonangebende Gesellschaft, aber sie hat nicht mehr die Fähigkeit, Töne der Würde und des Feinsinnes anzuschlagen. Es gibt Bücher – – mit einem Wort, sei niemals verzagt. Bleib arm und verachtet, lieber Freund. Auch den Geld-Gedanken schlage dir weg. Es ist das Schönste und Triumphierendste, man ist ein ganz armer Teufel. Die Reichen, Jakob, sind sehr unzufrieden und unglücklich. Die reichen Leute von heutzutage: sie haben nichts mehr. Das sind die wahren Verhungerten.» – Ich nickte wieder. Es ist wahr, ich sage sehr leicht ja zu allem. Übrigens gefiel mir und paßte mir, was Johann sagte. Es war Stolz in dem, was er sprach, und Trauer. Nun, und dies beides, Stolz und Trauer, ergibt immer einen guten Klang. Wieder bestellten wir Bier, und mein Gegenüber sagte: «Du mußt hoffen und doch nichts hoffen. Schau empor an etwas, ja gewiß, denn das ziemt dir, du bist jung, unverschämt jung, Jakob, aber, gesteh' dir immer, daß du's verachtest, das, an dem du respektvoll empor-schaust. Du nickst schon wieder? Teufel, was bist du für ein verständnisvoller Zuhörer. Du bist geradezu ein Baum, der voll Verständnis behangen ist. Sei zufrieden, lieber Bruder, strebe, lerne, tu womöglich irgend jeman-dem etwas Liebes und Gutes. Komm, ich muß gehen. Sag, wann treffen wir uns wieder? Du interessierst mich, offen gesagt.» – Wir gingen, und draußen auf der Straße nahmen wir Abschied voneinander. Lange schaute ich meinem lieben Bruder nach. Ja, er ist mein Bruder. Wie freut mich das.

Mein Vater hat Wagen und Pferde und einen Diener, den alten Fehlmann. Mama hat ihre eigene Theaterloge. Wie beneiden sie die Frauen der Stadt mit den achtund-zwanzigtausend Einwohnern darum. Mutter ist eine noch in den vorgeschrittenen Jahren hübsche, ja schöne Frau. Ich erinnere mich an ein hellblaues, enganschließendes Kleid, das sie einmal trug. Sie hielt den zartweißen Sonnenschirm offen. Die Sonne schien. Es war prächtiges Frühlingswetter. In den Straßen duftete es nach Veilchen. Die Menschen promenierten, und unter dem Grün der Anlage-Bäume spielte die Stadtmusik Promenadenkonzert. Wie süß und hell war alles! Ein Brunnen plätscherte, und Kinder, hell angezogene, lachten und spielten. Und ein feiner liebkosender Wind strich mit Düften, Sehnsucht nach Unsagbarem erweckend, umher. Aus den Fenstern der Neuquartierplatzhäuser schauten Leute. Mutter hatte lange hellgelbe Handschuhe an den schmalen Händen und lieben Armen. Johann war damals schon in der Fremde. Aber Vater war dabei. Nein, nie nehme ich je Hilfe (Geld) von den zärtlich verehrten Eltern an. Mein verletzter Stolz würde mich aufs Krankenlager werfen, und futsch wären die Träume von einer selbsterrungenen Lebenslaufbahn, vernichtet für immer diese mir in der Brust brennenden Selbsterziehungspläne. Das ist es ja: um mich quasi selbst zu erziehen, oder mich auf eine künftige Selbsterziehung vorzubereiten, deshalb bin ich Zögling dieses Institutes Benjamenta geworden, denn hier macht man sich auf irgend etwas Schweres und Düster-Daherkommendes gefaßt. Und deshalb schreibe ich ja auch nicht nach Hause, denn schon das Berichterstatten allein würde mich an mir irre machen, würde mir den Plan, ganz von unten anzufangen, vollkommen verleiden. Etwas Großes und Kühnes muß in aller Verschwiegenheit und Stille geschehen, sonst verdirbt und verflaut es, und das Feuer, das schon lebendig erwachte, stirbt wieder. Ich kenne meinen Geschmack, das genügt. – Ach so, ja. Ganz recht. Von unserem alten Diener Fehlmann, der noch lebt und dient, habe ich eine lustige Geschichte auf Lager. Die Sache ist die: Fehlmann ließ sich eines Tages ein grobes Verfehlen zuschulden kommen und sollte entlassen werden. «Fehlmann», sagte Mama, «Sie können gehen. Wir brauchen Sie nicht mehr.» – Da stürzte der arme Alte, der einen am Krebs gestorbenen Jungen noch vor kurzer Zeit begraben hatte (lustig ist das nicht), meiner Mutter zu Füßen und bat um Gnade, direkt um Gnade. Der arme Teufel, er hatte Tränen in den alten Augen. Mama verzeiht ihm, ich erzähle den Auftritt anderntags meinen Kameraden, den Brüdern Weibel, und die lachen mich fürchterlich aus und verachten mich. Sie entziehen mir ihre Freundschaft, weil es, wie sie meinen, in unserem Haus zu royalistisch zugeht. Das Zu-Füßen-Fallen finden sie verdächtig, und sie gehen hin und verleumden mich und Mama in der abgeschmacktesten Weise. Wie echte Buben, ja, aber auch wie echte kleine Republikaner, denen das Waltenlassen persönlicher und herrschaftlicher Gnade oder Ungnade ein Greuel und ein Gegenstand des Abscheus ist. Wie kommt mir das jetzt komisch vor! Und doch, wie bezeichnend ist dieser kleine Vorfall für den Lauf der Zeiten. So wie die Buben Weibel, so urteilt heute eine ganze Welt. Ja, so ist es: man duldet nichts Herren- oder Damenhaftes mehr. Es gibt keine Herren mehr, die machen können, was sie wollen, und es gibt längst keine Herrinnen mehr. Soll ich darüber traurig sein? Fällt mir nicht ein. Bin ich verantwortlich für den Geist des Zeitalters? Ich nehme die Zeit, wie sie ist, und behalte mir nur vor, im stillen meine Beobachtungen zu machen. Der gute Fehlmann: ihm, ihm ist noch auf altväterliche Art verziehen worden. Tränen der Treue und Anhänglichkeit, wie schön ist das. –

Von drei Uhr nachmittags an sind wir Eleven fast ganz uns selbst überlassen. Niemand kümmert sich mehr um uns. Vorstehers sind in den innern Räumen verborgen, und im Schulzimmer herrscht Öde, eine Öde, die einen beinahe krank macht. Lärm soll nicht vorkommen. Es darf nur gehuscht und geschlichen und nur im Flüstertone gesprochen werden. Schilinski schaut sich im Spiegel, Schacht schaut zum Fenster hinaus, oder er gestikuliert mit dem Küchenmädchen von gegenüber, und Kraus lernt auswendig, indem er Lektionen vor sich hinmurmelt. Eine Grabesstille herrscht überall. Der Hof liegt verlassen da wie eine viereckige Ewigkeit, und ich stehe meist aufrecht und übe mich, auf einem Bein zu stehen. Oft halte ich zur Abwechslung den Atem lang an. Auch eine Übung, und es soll sogar, wie mir einmal ein Arzt sagte, eine gesundheitfördernde sein. Oder ich schreibe. Oder ich schließe die unmüden Augen, um nichts mehr zu sehen. Die Augen vermitteln Gedanken, und daher schließe ich sie von Zeit zu Zeit, um nichts denken zu müssen. Wenn man so da ist und nichts tut, spürt man plötzlich, wie penibel das Dasein sein kann. Nichtstun und dennoch Haltung beobachten, das fordert Energie, der Schaffende hat es leicht dagegen. Wir Zöglinge sind Meister in dieser Art Anstand. Sonst fangen die Nichtstuer aus Langeweile etwa an, ein wenig zu flegeln, zu strampeln, hochaufzugähnen oder zu seufzen. Das tun wir Eleven nicht. Wir pressen die Lippen fest und sind unbeweglich. Über unsern Köpfen schweben immer die mürrischen Vorschriften. Manchmal, wenn wir so dasitzen oder dastehen, geht die Türe auf, und das Fräulein geht langsam, uns sonderbar anschauend, durchs Schulzimmer. Wie ein Geist mutet sie mich dann an. Es ist, als wenn da jemand von weit, weit her käme. «Was macht ihr, Knaben?» fragt sie dann etwa, wartet aber gar keine Antwort ab, sondern geht weiter. Wie schön sie ist. Welch eine üppige Fülle von tiefschwarzen Haaren. Meist sieht man sie gesenkten Auges. Sie hat Augen, die sich zum Niederschlagen herrlich eignen. Ihre Augendeckel (o, ich beobachte das alles scharf) sind üppig gewölbt und der raschen Bewegung wundersam fähig. Diese Augen! Sieht man sie einmal, so blickt man in etwas Abgrund-Banges und Tiefes hinein. Diese Augen scheinen in ihrer glänzenden Schwärze nichts und zugleich alles Unsagbare zu sagen, so bekannt und so unbekannt zugleich muten sie an. Die Augenbrauen sind bis zum Zerreißen dünn und rund darüber gezeichnet und gezogen. Wer sie betrachtet, fühlt Stiche. Sie sind wie Mondsicheln an einem krankhaft blassen Abendhimmel, wie feine, aber um so stechendere Wunden, innerlich schneidende. Und ihre Wangen! Das stille Sehnen und Zagen scheint Feste darauf zu feiern. Unverstandene Zartheit und Zärtlichkeit weint darauf auf und nieder. Zuweilen erscheint auf dem schimmernden Schnee dieser Wangen ein leises bittendes Rot, ein rötliches, schüchternes Leben, eine Sonne, doch nein, nur der schwache Abglanz einer solchen. Dann ist es, als lächelten plötzlich die Wangen, oder als fieberten sie ein wenig. Wenn man Fräulein Benjamentas Wangen ansieht, vergeht einem die Lust, weiterzuleben, denn dann hat man das Gefühl, als müsse das Leben ein Höllengewimmel voller schnöder Roheiten sein. Etwas so Zartes läßt in etwas so Schweres und Bedrohliches fast gebieterisch blicken. Und ihre Zähne, die man hervorschimmern sieht, wenn der üppiggütige Mund lächelt. Und wenn sie weint. Die Erde,

meint man, müsse aus den Punkten ihres Halts herab-
stürzen, aus Scham und aus Weh, sie weinen zu sehen.
Und wenn man sie erst weinen – – hört? O, dann vergeht man. Neulich hörten wir es, mitten in der Schulstunde. Wir alle haben gezittert wie Espenlaub. Ja, wir
alle, wir lieben sie. Sie ist unsere Lehrerin, unser höheres
Wesen. Und sie leidet an etwas, das ist klar. Ist sie krank?

Fräulein Benjamenta hat mit mir ein paar Worte gesprochen, in der Küche. Ich wollte gerade in die Kammer hineingehen, da fragte sie mich, ohne mich im übrigen eines Blickes zu würdigen: «Wie geht es dir, Jakob?
Geht es dir gut?» Ich nahm sogleich Achtungstellung an,
wie es sich schickt, und sagte im Ton der Unterwürfig-
keit: «O ganz gewiß, gnädiges Fräulein. Mir kann es
nicht anders als gut gehen.» – Sie lächelte schwach und
fragte: «Wie meinst du das?» – So über die Schulter
fragte sie das. Ich antwortete: «Es fehlt mir an nichts.» –
Sie blickte mich kurz an und schwieg. Nach einer Weile
sagte sie: «Du kannst gehen, Jakob. Du bist frei. Du
brauchst nicht dazustehen.» – Ich erwies ihr die vorge-
schriebene Ehre, indem ich mich verneigte, und drückte
mich in die Kammer. Es vergingen keine fünf Minuten,
so wurde geklopft. Ich stürzte an die Türe. Ich kannte das
Klopfen. Sie stand vor mir. «Du, Jakob», fragte sie,
«sage einmal, wie verträgst du dich mit den Kameraden?
Nicht wahr, es sind nette Menschen?» – Ich gab zur Antwort, daß sie mir alle, ohne Ausnahme, liebens- und
achtenswert vorkämen. Die Lehrerin blinzelte mich mit
den schönen Augen listig an und machte: «Na, na. Und
mit Kraus zankst du dich doch. Ist Zanken bei dir das

Zeichen der Liebe und Achtung?» – Ich erwiderte ohne
Zaudern: «In gewissem Sinne ja, Fräulein. Übrigens ist
dieses Zanken nicht gar so ernst gemeint. Wenn Kraus
Scharfsinn besäße, würde er merken, daß ich ihn sogar
allen andern vorziehe. Ich achte Kraus sehr, sehr. Es
würde mich schmerzen, wenn Sie mir das nicht glaubten.» – Sie erfaßte meine Hand und drückte sie leicht und
sagte: «Beruhige dich nur. Sieh' einmal, wie du in Hitze
kommst. Du Hitzkopf. Wenn es so ist, wie du sagst, so
muß ich ja wohl zufrieden mit dir sein. Ich bin es auch,
wenn du fortfährst, artig zu sein. Ja, das merke dir: Kraus
ist ein prachtvoller Junge, und du kränkst mich, wenn du
Kraus unartig begegnest. Sei nett zu ihm. Ganz ausdrücklich wünsche ich das. Aber sei nicht traurig. Sieh' doch,
ich mache dir ja keine Vorwürfe. Welch ein verzogener,
verwöhnter Aristokratensohn! Kraus ist ein so guter
Mensch. Nicht wahr, Kraus ist ein guter Mensch, Jakob?»
– Ich sagte: «Ja.» Nichts weiter als ja, und dann mußte
ich plötzlich ziemlich dumm lachen, ich wußte gar nicht
warum. Sie schüttelte den Kopf und ging. Warum ich
nur habe lachen müssen? Noch jetzt weiß ich es nicht.
Aber die Sache ist ja auch viel zu unbedeutend. Wann
werde ich zu Geld gelangen? Diese Frage scheint mir bedeutsam. Das Geld besitzt in meinen Augen gegenwärtig
einen vollkommen idealen Wert. Wenn ich mir den
Klang eines Goldstückes vorstelle, werde ich beinahe
rasend. Ich habe zu essen: Pfui. Ich möchte reich sein und
den Kopf zerschmettert haben. Ich mag bald überhaupt
nichts mehr essen.

Wenn ich reich wäre, würde ich keineswegs um die Erde reisen. Zwar, das wäre ja gar nicht so übel. Aber ich sehe nichts Berauschendes dahinter, das Fremde flüchtig kennen zu lernen. Im allgemeinen würde ich es verschmähen, mich, wie man so sagt, weiter auszubilden. Mich würde eher die Tiefe, die Seele, als die Ferne und Weite locken. Das Naheliegende zu untersuchen würde mich reizen. Ich kaufte mir auch gar nichts. Ich würde mir keinen Besitz anschaffen. Elegante Kleider, feine Wäsche, einen Zylinder, bescheidene goldene Manschettenknöpfe, lange Lackschuhe, das wäre ungefähr alles, damit würde ich losziehen. Kein Haus, keinen Garten, keinen Diener, doch, ja, einen Diener, einen würdevollen braven Kraus würde ich mir engagieren. Und nun könnte es losgehen. Da würde ich im dampfenden Nebel auf die Straße gehen. Der Winter mit seiner melancholischen Kälte würde vorzüglich zu meinen Goldstücken passen. Die Banknoten trüge ich in der einfachen Brieftasche. Zu Fuß ginge ich einher, ganz wie gewöhnlich, in der unbewußt-geheimen Absicht, es mich nicht so sehr merken zu lassen, wie fürstlich reich ich wäre. Vielleicht würde es auch schneien. Mir egal, im Gegenteil, mir sehr recht. Weicher Schneefall zwischen den abendlich leuchtenden Laternen. Das würde glitzern, reizend. Nie im Leben würde es mir einfallen, in eine Droschke zu steigen. Das tun Leute, die es entweder eilig haben oder nobel tun wollen. Ich aber würde weiter gar nicht nobel tun wollen, und eilig hätte ich es schon ganz und gar nicht. Gedanken würden mir kommen, indem ich so ginge. Plötzlich würde ich irgend jemanden grüßen, sehr höflich, und siehe, es wäre ein Mann. Ganz artig würde ich nun den Mann anschauen, und da würde ich sehen, daß es ihm schlecht geht. Merken würde ich das, nicht sehen, so etwas merkt man, man sähe es kaum, aber an irgend etwas sähe man es. Nun, und dieser Mann würde mich fragen, was ich will, und es läge Bildung in der Frage. Diese Frage wäre ganz sanft und einfach gestellt worden, und das würde mich erschüttern. Denn ich wäre ja auf etwas Barsches durchaus gefaßt gewesen. «Etwas Tief-Wundes muß der Mann haben», würde ich mir sogleich sagen, «sonst wäre er ärgerlich geworden.» – Und dann würde ich gar nichts, absolut nichts sagen, sondern ich begnüge mich, ihn mehr und mehr anzuschauen. Nicht scharf, o nein, ganz einfach, vielleicht sogar ein wenig fröhlich. Und nun wüßte ich, wer er wäre. Ich öffnete meine Brieftasche, entnähme ihr glatt zehntausend Mark in zehn einzelnen Noten und gäbe diese Summe dem Mann. Darauf würde ich den Hut ebenso artig wie vorhin lüften, gute Nacht sagen und gehen. Und es würde fortfahren zu schneien. Im Gehen würde ich gar nichts mehr denken, ich könnte nicht, es wäre mir viel zu wohl zu so etwas. Einem eklig darbenden Künstler, das wüßte ich ganz bestimmt, hätte ich's gegeben, das Geld. Ja, das wüßte ich, denn ich würde mich nicht haben täuschen können. O, eine große, eine heiße, eine aufrichtige Sorge würde es weniger in der Welt geben. Nun, und in der folgenden Nacht würde ich vielleicht auf ganz andere Einfälle kommen. Jedenfalls reiste ich nicht um die Erde, sondern ich beginge lieber irgendwelche Tollheiten und Torheiten. So zum Beispiel könnte ich ja auch ein wahnsinnig reiches und lustbeladenes Gastmahl geben und Orgien niegesehener Art veranstalten. Ich wollte es mich Hunderttausend kosten lassen. Ganz bestimmt müßte das Geld auf sinn-verwirrende Art und Weise verbraucht werden, denn nur das echt vertane Geld wäre ein schönes Geld – – gewesen. Und eines Tages würde ich betteln, und da schiene die Sonne, und ich wäre so froh, über was, das würde ich gar nicht zu wissen begehren. Und da käme Mama und fiele mir um den Hals – –. Nette Träumereien sind das!

Kraus hat etwas Altes in Gesicht und Wesen, und dieses Alte, das er ausstrahlt, führt den, der ihn anschaut, nach Palästina. Abrahams Zeiten werden auf dem Antlitz meines Mitschülers wieder lebendig. Das alte patriarchalische Zeitalter mit seinen mysteriösen Sitten und Landschaftsgegenden taucht hervor und schaut einen väterlich an. Es ist mir, als wenn es damals lauter Väter mit steinalten Gesichtern und langen braunen, verwickelten Bärten gegeben hätte, was ja natürlich nur Unsinn ist, und doch ist vielleicht etwas, das Tatsachen entspricht, an dieser sonst ganz einfältigen Empfindung. Ja, damals! Schon dieses Wort: damals: wie elterlich und häuslich mutet es an. Zu den alt-israelitischen Zeiten durfte es ruhig noch hin und wieder einen Papa Isaak oder Abraham geben, er genoß eben Achtung und lebte seine alten Tage in einem natürlichen Reichtum, der in Länderbesitz bestand, dahin. Damals wob um das graue Alter etwas wie Majestät. Greise waren damals wie Könige, und die gelebten Jahre bedeuteten dasselbe wie ebensoviele erworbene Hoheitsrechte. Und wie jung diese Alten blieben. Sie schufen noch mit hundert Jahren Söhne und Töchter. Damals gab es noch keine Zahnärzte, und darum muß man annehmen, daß es damals überhaupt keine verdorbenen Zähne gab. Und wie schön ist zum

Beispiel Joseph in Ägypten. Kraus hat etwas von Joseph in Potiphars Haus. Da ist er als jugendlicher Sklave verkauft worden, und siehe, man bringt ihn zu einem schwerreichen, redlichen und feinen Mann. Da ist er nun Haussklave, aber er hat es ganz schön. Die Gesetze waren damals vielleicht unhuman, gewiß, aber die Sitten und Gebräuche und Anschauungen waren dafür um so zarter und feiner. Heute hätte es ein Sklave viel schlechter, Gott behüte! Übrigens gibt es sehr, sehr viele Sklaven mitten unter uns modernen, hochmütig-fix und fertigen Menschen. Vielleicht sind wir heutigen Menschen alle so etwas wie Sklaven, beherrscht von einem ärgerlichen, peitscheschwingenden, unfeinen Weltgedanken. – Gut, und da verlangt nun eines Tages die Herrin des Hauses von Joseph, er solle ihr willig sein. Wie merkwürdig, daß man solche uralten Treppen- und Türensachen heute genau noch weiß, daß es in alle Zeiten, von Mund zu Mund, fortlebt. In allen Primarschulen wird die Geschichte gelehrt, und da will man an den Pedanten etwas aussetzen? Ich verachte die Leute, die die schöne Pedanterie unterschätzen, das sind durchaus geistlose, urteilsschwächliche Menschen. Schön, und da weigert sich Kraus, wollte sagen Joseph. Aber es könnte ganz gut Kraus sein, denn er hat so etwas Joseph-in-Ägypten-haftes. «Nein, gnädige Frau, so etwas tu' ich nicht. Ich bin meinem Herrn Treue schuldig.» – Da geht nun die überaus reizende Frau und verklagt den jungen Diener, er habe eine Schnödigkeit begangen und habe seine Gebieterin zu einem Fehltritt verführen wollen. Aber weiter weiß ich nichts. Merkwürdig, ich weiß nicht, was jetzt Potiphar sagte und machte. Den Nil sehe ich aber immer ganz deutlich. Ja, Kraus könnte so gut Joseph sein wie nur irgend etwas.

Haltung, Gestalt, Gesicht, Frisur und Gebärde passen unvergleichlich. Sogar seine leider Gottes immer noch nicht geheilte Hautauszeichnung. Pickel sind etwas Biblisches, Orientalisches. Und die Moral, der Charakter, der feste Besitz keuscher Jünglingstugenden? Wundervoll paßt das. Joseph in Ägypten muß auch ein kleiner, sattelfester Pedant gewesen sein, sonst würde er der lüsternen Frau gehorcht und seinem Herrn die Treue gebrochen haben. Kraus würde genau wie sein altägyptisches Ebenbild handeln. Die Hände würde er beschwörend hochheben und mit halb flehender, halb strafender Miene sagen: «Nein, nein, das tue ich nicht» usw.

Der liebe Kraus! Immer zieht es mich in Gedanken wieder nach ihm hin. An ihm sieht man so recht, was das Wort Bildung eigentlich bedeutet. Kraus wird später im Leben, wohin er auch kommen wird, immer als brauchbarer, aber als ungebildeter Mensch angesehen werden, für mich aber ist gerade er durchaus gebildet, und zwar hauptsächlich deshalb, weil er ein festes, gutes Ganzes darstellt. Man kann gerade ihn eine menschliche Bildung nennen. Das flattert um Kraus herum nicht von geflügelten und lispelnden Kenntnissen, dafür ruht etwas in ihm, und er, er ruht und beruht auf etwas. Man kann sich mit der Seele selber auf ihn verlassen. Er wird nie jemanden hintergehen oder verleumden, nun, das vor allen Dingen, dieses Nicht-Schwatzhafte, nenne ich Bildung. Wer schwatzt, ist ein Betrüger, er kann ein ganz netter Mensch sein, aber seine Schwäche, alles, was er gerade denkt, so herauszuschwatzen, macht ihn zum gemeinen und schlechten Gesellen. Kraus bewahrt sich, er behält immer etwas für sich, er glaubt, es nicht nötig zu haben, so drauf los zu reden, und das wirkt wie Güte und lebhaftes Schonen. Das nenne ich Bildung. Kraus ist unliebenswürdig und oft ziemlich grob gegen Menschen seines Alters und seines Geschlechtes, und gerade deshalb mag ich ihn so gern, denn das beweist mir, daß er sich auf den brutalen und gedankenlosen Verrat nicht versteht. Er ist treu und anständig gegen alle. Denn das ist es ja: aus gemeiner Liebenswürdigkeit pflegt man meist hinzugehen und Ruf und Leben seines Nachbarn, seines Kameraden, ja seines Bruders auf die entsetzlichste Weise zu schänden. Kraus kennt wenig, aber er ist nie, nie gedankenlos, er unterwirft sich immer gewissen selbstgestellten Geboten, und das nenne ich Bildung. Was an einem Menschen liebevoll und gedankenvoll ist, das ist Bildung. Und dann ist ja noch so vieles. So von aller und jeder, auch der kleinsten Selbstsucht entfernt, dagegen aber der Selbstzucht so nah zu sein wie Kraus, das ist es, wie ich denke, was Fräulein Benjamenta veranlaßt hat zu sagen: «Nicht wahr, Jakob, Kraus ist gut?» – Ja, er ist gut. Wenn ich diesen Kameraden verliere, gehen mir Himmelreiche verloren, ich weiß es. Und ich fürchte mich jetzt fast, ferner mit Kraus in ausgelassener Weise zu zanken. Ich möchte ihn nur noch anschauen, immer, immer anschauen, denn ich werde mich ja später mit seinem Bild begnügen müssen, da uns beide ja doch das gewaltsame Leben trennen wird.

Ich verstehe jetzt auch, warum Kraus keine äußern Vorzüge, keine körperlichen Zierlichkeiten besitzt, warum ihn die Natur so zwerghaft zerdrückt und verunstaltet hat. Sie will irgend etwas mit ihm, sie hat etwas mit ihm vor, oder sie hat von Anfang an etwas mit ihm vorgehabt. Dieser Mensch ist der Natur vielleicht zu rein gewesen, und deshalb hat sie ihn in einen unansehnlichen, geringen, unschönen Körper geworfen, um ihn vor den verderblichen äußern Erfolgen zu bewahren. Vielleicht ist es auch anders gewesen, und die Natur ist ärgerlich und boshaft gewesen, als sie Kraus schuf. Aber wie leid muß es ihr jetzt tun, ihn stiefmütterlich behandelt zu haben. Und wer weiß. Vielleicht freut sie sich des anmutlosen Meisterwerkes, das sie hervorgebracht hat, und wirklich, sie hätte Ursache, sich zu freuen, denn dieser ungraziöse Kraus ist schöner als die graziösesten und schönsten Menschen. Er glänzt nicht mit Gaben, aber mit dem Schimmer eines guten und unverdorbenen Herzens, und seine schlechten, schlichten Manieren sind vielleicht trotz alles Hölzernen, das ihnen anhaftet, das Schönste, was es an Bewegung und Manier in der menschlichen Gesellschaft geben kann. Nein, Erfolg wird Kraus nie haben, weder bei den Frauen, die ihn trocken und häßlich finden werden, noch sonst im Weltleben, das an ihm achtlos vorübergehen wird. Achtlos? Ja, man wird Kraus nie achten, und gerade das, daß er, ohne Achtung zu genießen, dahinleben wird, das ist ja das Wundervolle und Planvolle, das An-den-Schöpfer-Mahnende. Gott gibt der Welt einen Kraus, um ihr gleichsam ein tiefes unauflösbares Rätsel aufzugeben. Nun, und das Rätsel wird nie begriffen werden, denn siehe: man gibt sich ja gar nicht einmal Mühe, es zu lösen, und gerade deshalb ist dieses Kraus-Rätsel ein so Herrliches und Tiefes: weil niemand begehrt, es zu lösen, weil überhaupt gar kein lebendiger Mensch hinter diesem namenlos unscheinbaren Kraus irgendeine Aufgabe, irgendein Rätsel oder eine zartere Bedeutung vermuten wird. Kraus ist ein echtes Gott-Werk, ein Nichts, ein Diener. Ungebildet, gut genug, gerade die sauerste Arbeit zu verrichten, wird er jedermann vorkommen, und sonderbar: darin, nämlich in diesem Urteil, wird man sich auch nicht irren, sondern man wird durchaus recht haben, denn es ist ja wahr: Kraus, die Bescheidenheit selber, die Krone, der Palast der Demut, er will ja geringe Arbeiten verrichten, er kann's und er will's. Er hat nichts anderes im Sinn, als zu helfen, zu gehorchen und zu dienen, und das wird man gleich merken und wird ihn ausnutzen, und darin, daß man ihn ausnutzt, liegt eine so strahlende, von Güte und Helligkeit schimmernde, goldene, göttliche Gerechtigkeit. Ja, Kraus ist ein Bild rechtlichen, ganz, ganz eintönigen, einsilbigen und eindeutigen Wesens. Niemand wird die Schlichtheit dieses Menschen verkennen, und deshalb wird ihn auch niemand achten, und er wird durchaus erfolglos bleiben. Reizend, reizend, dreimal reizend finde ich das. Oh, was Gott schafft, ist so gnädig, so reizvoll, mit Reizen und Gedanken über und über behangen. Man wird denken, das sei sehr überspannt gesprochen. Nun, das ist, ich muß es gestehen, noch lange nicht das Überspannteste. Nein, kein Erfolg, kein Ruhm, keine Liebe werden Kraus je blühen, das ist sehr gut, denn die Erfolge haben nur die Zerfahrenheit und einige billige Weltanschauungen zur unabstreifbaren Begleitschaft. Man spürt es sofort, wenn Menschen Erfolge und Anerkennung aufzuweisen haben, sie werden quasi dick von sättigender Selbstzufriedenheit, und ballonhaft bläst sie die Kraft der Eitelkeit auf, zum Niewiedererkennen. Gott behüte einen braven Menschen vor der Anerkennung der Menge. Macht es ihn nicht schlecht, so verwirrt und entkräftet es ihn bloß. Dank, ja. Dank ist etwas ganz anderes. Doch einem Kraus wird man nicht einmal danken, und auch das ist durchaus nicht nötig. Alle zehn Jahre wird jemand vielleicht einmal zu Kraus sagen: «Danke, Kraus», und dann wird er ganz dumm, gräßlich dumm lächeln. Verliederlichen wird mein Kraus nie, denn es werden sich ihm immer große, lieblose Schwierigkeiten entgegenstellen. Ich glaube, ich, ich bin einer der ganz wenigen, vielleicht der einzige, oder vielleicht sind es zwei oder drei Menschen, die wissen werden, was sie an Kraus besitzen oder besessen haben. Das Fräulein, ja, die weiß es. Auch Herr Vorsteher vielleicht. Ja ganz gewiß. Herr Benjamenta ist gewiß tiefblickend genug, um wissen zu können, was Kraus wert ist. Ich muß aufhören, heute, mit Schreiben. Es reißt mich zu sehr hin. Ich verwildere. Und die Buchstaben flimmern und tanzen mir vor den Augen.

Hinter unserm Haus liegt ein alter, verwahrloster Garten. Wenn ich ihn morgens früh vom Bureaufenster aus sehe (ich muß mit Kraus zusammen jeden zweiten Morgen aufräumen), tut er mir leid, daß er so unbesorgt daliegen muß, und ich hätte jedesmal Lust, hinunterzugehen und ihn zu pflegen. Das sind übrigens Sentimentalitäten. Mag der Teufel die irreführenden Weichseligkeiten holen. Es gibt bei uns im Institut Benjamenta noch ganz andre Gärten. In den wirklichen Garten zu gehen, ist verboten. Kein Zögling darf ihn betreten, warum eigentlich, weiß ich nicht. Aber wie gesagt, wir haben einen andern, vielleicht schöneren Garten als der tatsächliche ist. In unserem Lehrbuch: «Was bezweckt die Knabenschule» heißt es auf Seite acht: «Das gute Betragen ist ein blühender Garten.» – Also in solchen, in geistigen und empfindlichen Gärten, dürfen wir Schüler herumspringen. Nicht übel. Führt sich einer von uns schlecht auf, so wandelt er wie von selber in einer garstigen, finstern Hölle. Hält er sich aber brav, so geht er unwillkürlich zum Lohn zwischen schattigem, sonnenbetupftem Grün spazieren. Wie verführerisch! Und es liegt meiner armseligen Knabenmeinung nach etwas Wahres in dem netten Lehrsatz. Benimmt sich einer dumm, so muß er sich schämen und ärgern, und das ist die peinliche Hölle, in welcher er schwitzt. Ist er dagegen aufmerksam gewesen und hat er sich geschmeidig benommen, so nimmt ihn jemand Unsichtbares an der Hand, etwas Trauliches, Genienhaftes, und das ist der Garten, die gute Fügung, und er lustwandelt nun unwillkürlich in traulichen, grünlichen Gefilden. Darf ein Schüler des Institutes Benjamenta zufrieden mit sich sein, was selten vorkommt, da es bei uns von Vorschriften hagelt, blitzt, schneit und regnet, so duftet es um ihn herum, und das ist der süße Duft des bescheidenen, aber wacker erkämpften Lobes. Lobt Fräulein Benjamenta, dann duftet es, und rügt sie, dann wird es im Schulzimmer finster. Welch eine sonderbare Welt: unsere Schule. Ist ein Zögling artig und schicklich gewesen, so wölbt sich plötzlich über seinem Kopf irgend etwas, und das ist der blaue, unersetzliche Himmel über dem eingebildeten Garten. Sind wir Eleven recht geduldig gewesen, und haben wir uns in der Anstrengung recht brav aufrecht gehalten, haben wir, was man warten und ausharren nennt, können, dann goldet es mit einem Mal vor unsern etwas ermüdeten Augen, und dann wissen wir, daß es die himmlische Sonne ist. Dem, der sich aufrichtig und berechtigt müde fühlt, scheint die Sonne. Und haben wir uns auf keinen unlauteren Wünschen zu ertappen brauchen, was immer so unglücklich macht, so horchen wir: ei, was ist das? Da singen ja Vögel! Nun, dann sind es eben die glücklichen, schönbefiederten kleinen Sänger unseres Gartens gewesen, die da gesungen und anmutig gelärmt haben. Jetzt sage man selber: brauchen wir Zöglinge des Institutes Benjamenta noch sonstige Gärten, als die, die wir uns selbst schaffen? Wir sind reiche Herren, wenn wir uns zierlich und anständig aufführen. Wenn zum Beispiel ich wünsche, Geld zu besitzen, was leider nur allzu oft vorkommt, dann sinke ich in die tiefen Schlünde des hoffnungslosen, wütenden Begehrens, o, dann leide und schmachte ich, und ich muß am Erretten zweifeln. Und blicke ich dann Kraus an, dann erfaßt mich ein tiefes, murmelndes, quellenhaftes, wundervolles Behagen. Das ist der friedliche Bescheidenheitsquell, der in unserem Garten auf und nieder plätschert, und ich bin dann so glücklich, so gut aufgelegt, so gestimmt auf das Gute. Ah, und ich sollte Kraus nicht lieben? Ist einer von uns, das heißt wäre einer von uns ein Held gewesen, hätte er etwas Mutiges mit Gefahr seines Lebens vollbracht (so heißt es im Lehrbuch), so würde er in das marmorne, mit Wandmalereien geschmückte Säulenhaus treten dürfen, das im Grün unseres Gartens heimlich verborgen liegt, und dort würde ihn ein Mund küssen. Was für ein Mund, das steht nicht im Lehrbuch. Und wir sind ja doch keine Helden. Wozu auch! Erstens fehlt uns die Gelegenheit, uns heroisch zu benehmen, und zweitens, ich weiß nicht recht, ob zum Beispiel Schilinski oder der lange Peter für Aufopferungen zu haben wären. Unser Garten ist auch ohne Küsse, Helden und Säulenpavillons eine hübsche Einrichtung, glaube ich. Mich friert es, wenn ich von Helden rede. Da schweige ich lieber.

Ich fragte Kraus neulich, ob er nicht auch von Zeit zu Zeit etwas wie Langeweile empfinde? Er schaute mich vorwurfsvoll mit zurechtweisenden Augen an, überlegte ein wenig und sagte: «Langeweile? Du bist wohl nicht ganz gescheit, Jakob. Und erlaube mir, dir zu sagen, daß du ebenso naive wie sündhafte Fragen stellst. Wer wird sich in der Welt langweilen? Vielleicht du. Ich nicht, das sage ich dir. Ich lerne hier aus dem Buch auswendig. Nun? Habe ich da Zeit, mich zu langweilen? Welch törichte Fragen. Noble Leute langweilen sich vielleicht, nicht Kraus, und du langweilst dich, sonst würdest du gar nicht auf den Gedanken kommen, und würdest gar nicht hierher zu mir kommen, so etwas zu fragen. Man kann immer, wenn nicht nach außen, so doch wenigstens nach innen, ein wenig tätig sein, man kann murmeln, Jakob. Gewiß wolltest du mich schon oft auslachen wegen meines Murmelns, aber, höre und sage mir, weißt du denn, was ich murmle? Worte, lieber Jakob. Ich murmle und wiederhole immer Worte. Das ist gesund, kann ich dir sagen. Verschwinde mit deiner Langeweile. Langeweile gibt es bei Menschen, die da immer gewärtigen, es solle von außen her etwas Aufmunterndes auf sie zutreten. Wo üble Laune, wo Sehnsucht ist, da ist Langeweile. Geh nur, belästige mich nicht, laß mich lernen, geh du an irgendein Stück Aufgabe. Plag dich an etwas, dann langweilst du dich gewiß nicht mehr. Und bitte, vermeide in Zukunft solcherlei einen fast aus aller Fassung bringende, über und über dumme Fragen.» – Ich fragte: «Hast du jetzt ausgeredet, Kraus?» und lachte. Doch er blickte mich nur ganz mitleidig an. Nein, Kraus kann sich nie, nie langweilen. Ich wußte das ja zur Genüge, ich habe ihn nur wieder einmal reizen wollen. Wie unschön ist das von mir, und wie leer. Ich muß mich entschieden bessern. Wie schlecht das ist, Kraus immer äffen und ärgern zu wollen. Und doch: wie reizend. Seine Vorwürfe klingen so lustig. Es ist etwas so Vater-Abraham-Mäßiges in seinen Ermahnungen.

Was hat mir doch vor ein paar Tagen Furchtbares geträumt. Ich war im Traum ein ganz schlechter, schlechter Mensch geworden, wodurch, das wollte sich mir nicht offenbaren. Roh war ich vom Wirbel bis zur Sohle, ein aufgedonnertes, unbeholfenes, grausames Stück Menschenfleisch. Ich war dick, es ging mir scheinbar ganz glänzend. Ringe blitzten an den Fingern meiner unförmigen Hände, und ich besaß einen Bauch, an dem zentnerschwere, fleischige Würde nachlässig herabhing. Ich fühlte so recht, daß ich befehlen und Launen losschießen durfte. Neben mir, auf einem reichbesetzten Tisch, prangten die Gegenstände einer nicht zu befriedigenden Eß- und Trinkbegierde, Wein- und Likörflaschen, und die auserlesensten kalten Gerichte. Ich konnte nur zulangen, und das tat ich von Zeit zu Zeit. An den Messern und Gabeln klebten die Tränen zugrunde gerichteter Gegner, und mit den Gläsern klangen die Seufzer vieler armer Leute, aber die Tränenspuren reizten mich nur zum Lachen, während mir die hoffnungslosen Seufzer wie Musik ertönten. Ich brauchte Tafelmusik und ich hatte sie. Anscheinend hatte ich sehr, sehr gute Geschäfte auf Kosten des Wohlergehens anderer gemacht, und das freute mich in alle Gedärme hinein. O, o, wie mich doch das Bewußtsein, einigen Mitmenschen den Boden unter den Füßen weggezogen zu haben, erlabte! Und ich griff zur Klingel und schellte. Ein alter Mann trat herein, pardon, kroch herein, es war die Lebensweisheit, und sie kroch an meine Stiefel heran, um sie zu küssen. Und ich erlaubte dem entwürdigten Wesen das. Man denke: die Erfahrung, der gute edle Grundsatz: er leckte mir die Füße. Das nenne ich Reichtum. Weil es mir grad so einfiel, klingelte ich wieder, denn es juckte mich, ich weiß nicht mehr, wo, nach sinnreicher Abwechslung, und es erschien ein halbwüchsiges Mädchen, ein wahrer Leckerbissen für mich Wüstling. Kindliche Unschuld, so nannte sie sich, und begann, die Peitsche, die neben mir lag, flüchtig mit dem Auge streifend, mich zu küssen, was mich unglaublich auffrischte. Die Angst und die frühzeitige Verdorbenheit flatterten in den schönen rehgleichen Augen des Kindes. Als ich genug hatte, klingelte ich wieder, und es trat auf: der Lebensernst, ein schöner, schlanker, junger, aber armer Mensch. Es war einer meiner Lakaien, und ich befahl ihm stirnrunzelnd, mir das Ding da, wie hieß es schon, nun ja, hab' ich's endlich, mir die Lust zur Arbeit hereinzuführen. Bald darauf trat der Eifer herein, und ich machte mir das Vergnügen, ihm, dem Voll-Menschen, dem prachtvoll gebauten Arbeitsmann, eins mit der Peitsche überzuknallen, mitten ins ruhig wartende Gesicht, zum rein Kaputtlachen. Und das Streben, das urwüchsige Schaffen, es ließ sich's gefallen. Nun allerdings lud ich es mit einer trägen, gönnerhaften Handbewegung zum Glas Wein ein, und das dumme Luder schlürfte den Schandwein. «Geh', sei für mich tätig», sagte ich, und es ging. Nun kam die Tugend, eine weibliche Gestalt von für jeden Nicht-ganz-Hartgefrorenen überwältigender Schönheit, weinend herein. Ich nahm sie auf meinen Schoß und trieb Unsinn mit ihr. Als ich ihr den unaussprechlichen Schatz geraubt hatte, das Ideal, jagte ich sie höhnisch hinaus, und, nun pfiff ich, und es erschien

Gott selber. Ich schrie: «Was? Auch du?» Und erwachte schweißtriefend, – wie froh war ich doch, daß es nur ein böser Traum war. Mein Gott, ich darf noch hoffen, es werde noch eines Tages etwas aus mir. Wie im Traum doch alles an die Grenze des Wahnsinns streift. Kraus würde mich schön anglotzen, wenn ich ihm das erzählte.

Die Art, wie wir Fräulein verehren, ist doch eigentlich komisch. Aber ich zum Beispiel bin sehr fürs Komische, es enhält unbedingt Zauber. Um acht beginnt immer der Unterricht. Nun, da sitzen wir Zöglinge schon zehn Minuten vorher voll Spannung und Erwartung an unsern Plätzen und schauen unbeweglich nach der Türe, in welcher die Vorgesetzte erscheinen soll. Auch für diese Art von vorauseilender Respektsbezeugung haben wir exakte Vorschriften. Es gilt als Gesetz, nach derjenigen hinzuhorchen, ob sie bald komme, die dann und dann bestimmt eintreten wird. Wir Schüler sollen uns echt dummejungenhaft zehn Minuten lang auf das Aufstehen von unsern Plätzen vorbereiten. Eine kleine Entehrung liegt in all diesen kleinlichen Forderungen, die eigentlich lächerlich sind, aber uns soll nichts an unserer persönlichen, sondern uns soll alles an der Ehre des Institutes Benjamenta gelegen sein, und das ist wahrscheinlich auch das richtigste, denn hat ein Schüler Ehre? Keine Rede. Recht bevormundet und gezwiebelt zu werden, das höchstens kann eine Ehre für uns sein. Gedrillt werden ist für Zöglinge ehrenhaft, sonnenklar ist das. Aber wir rebellieren auch gar nicht. Würde uns nie einfallen. Wir haben, zusammengerechnet, ja so wenig Gedanken. Ich habe vielleicht noch die meisten Gedanken, leicht möglich ist das, aber ich verachte im Grunde genommen mein ganzes Denkvermögen. Ich schätze nur Erfahrungen, und die sind in der Regel von allem Denken und Vergleichen vollkommen unabhängig. So schätze ich an mir, wie ich eine Türe öffne. Im Türöffnen liegt mehr verborgenes Leben als in einer Frage. Nun ja, es regt eben alles zum Fragen und Vergleichen und Erinnern an. Gewiß muß man auch denken, sehr sogar. Aber sich fügen, das ist viel, viel feiner als denken. Denkt man, so sträubt man sich, und das ist immer so häßlich und Sachen-verderbend. Die Denker, wenn sie nur wüßten, wieviel sie verderben. Einer, der geflissentlich nicht denkt, tut irgend etwas, nun, und das ist nötiger. Zehntausende von Köpfen arbeiten in der Welt überflüssig. Sonnen-, sonnenklar ist das. Der Lebensmut geht den Menschengeschlechtern verloren mit all dem Abhandeln und Erfassen und Wissen. Wenn zum Beispiel ein Zögling des Institutes Benjamenta nicht weiß, daß er artig ist, dann ist er es. Weiß er es, dann ist seine ganze unbewußte Zier und Artigkeit weg, und er begeht irgendeinen Fehler. Ich laufe gern Treppen hinunter. Welch ein Geschwätz.

Es ist hübsch, bis zu einem gewissen Grad wohlhabend zu sein und seine weltlichen Verhältnisse ein wenig geordnet zu haben. Ich bin in der Wohnung meines Bruders Johann gewesen, und ich muß sagen, sie hat mich angenehm überrascht, sie ist geradezu Alt-Von Guntensch eingerichtet. Schon daß der Fußboden ganz mit einem weichen, mattblauen Teppich belegt und bedeckt ist, hat mir außerordentlich imponiert. Überall in den Zimmern herrscht Geschmack, doch nicht auffälliger Geschmack, sondern nur bestimmte, feine Wahl. Die Möbel sind anmutig verteilt, das mutet gleich beim Eintritt in die Wohnung wie ein höflicher, zarter Gruß an. Spiegel sind an den Wänden. Es ist sogar ein ganz großer Spiegel da, der vom Boden bis an die Decke hinaufreicht. Die einzelnen Gegenstände sind alt und doch nicht, elegant und doch nicht, reich und doch nicht. Es ist Wärme und Sorgfalt in den Räumen, das fühlt man, und das ist angenehm. Ein freier sorglicher Wille hat die Spiegel aufgehängt und dem zierlich geschweiften Ruhebett seinen Platz angewiesen. Ich müßte kein von Gunten sein, wenn ich das nicht merkte. Sauber und staubfrei ist alles, und doch glänzt das alles eigentlich nicht, sondern es blickt einen alles ruhig und heiter an. Nichts will scharf in die Augen stechen. Nur das zusammenhängende Ganze hat einen vielbedeutenden, liebevollen Ausdruck. Eine schöne schwarze Katze lag auf einem dunkelroten Plüschsessel, wie die schwärzliche weiche Behaglichkeit, eingebettet in Rot. Sehr hübsch. Wäre ich Maler, so würde ich die Traulichkeit solch eines Tierbildes malen. Der Bruder kam mir sehr freundlich entgegen, und wir stunden einander gegenüber wie wohlabgemessene Weltleute, die wissen, was in der Schicklichkeit für ein Vergnügen liegen kann. Wir plauderten. Da kam ein großer, schlanker, schneeweißer Hund auf uns zugesprungen, in anmutigen, Freude ausdrückenden Sätzen. Nun, ich streichelte das Tier natürlich. Alles ist schön an der Wohnung Johanns. Er hat alle einzelnen Gegenstände und Stücke mit Liebe und Mühe in Althändlerläden aufgestöbert, bis er das Wohnlichste und Anmutigste zusammenhatte. Mit dem Einfachen hat er verstanden, etwas in bescheidenen Grenzen Vollkommenes zu schaffen, derart, daß in seiner Wohnung das Taugliche und Nützliche sich mit dem

Schönen und Graziösen wie zu einem Stuben-Gemälde verbindet. Bald darauf, indem wir so dasaßen, erschien eine junge Frau, welcher Johann mich vorstellte. Wir tranken später Tee und waren sehr heiter. Die Katze miaute nach Milch, und der große schöne Hund wollte von dem Gebäck zu essen haben, das auf dem Teetisch lag. Beider Tiere Wünsche wurden dann auch befriedigt. Es wurde Abend, und ich mußte nach Hause gehen.

Man lernt hier im Institut Benjamenta Verluste empfinden und ertragen, und das ist meiner Meinung nach ein Können, eine Übung, ohne die der Mensch, mag er noch so bedeutend sein, stets ein großes Kind, eine Art weinerlicher Schreihals bleiben wird. Wir Zöglinge hoffen nichts, ja, es ist uns streng untersagt, Lebenshoffnungen in der Brust zu hegen, und doch sind wir vollkommen ruhig und heiter. Wie mag das kommen? Fühlen wir über unsern glattgekämmten Köpfen etwas wie Schutzengel hin und her schweben? Ich kann es nicht sagen. Vielleicht sind wir heiter und sorgenlos aus Beschränktheit. Auch möglich. Aber ist deshalb die Heiterkeit und Frische unserer Herzen weniger wert? Sind wir überhaupt dumm? Wir vibrieren. Unbewußt oder bewußt nehmen wir auf vieles ein wenig Bedacht, sind da und dort mit den Geistern, und die Empfindungen schikken wir nach allen möglichen Windrichtungen aus, Erfahrungen und Beobachtungen einsammelnd. Uns tröstet so vieles, weil wir im allgemeinen sehr eifrige, sucherische Leute sind, und weil wir uns selber wenig schätzen. Wer sich selbst sehr schätzt, ist vor Entmutigungen und Herabwürdigungen nie sicher, denn stets begegnet dem selbstbewußten Menschen etwas Bewußtseinfeindliches. Und doch sind wir Schüler durchaus nicht ohne Würde, aber es ist eine sehr, sehr bewegungsfähige, kleine, bieg- und schmiegsame Würde. Übrigens legen wir sie an und ab je nach Erfordernissen. Sind wir Produkte einer höheren Kultur, oder sind wir Naturkinder? Auch das kann ich nicht sagen. Das eine weiß ich bestimmt: wir warten! Das ist unser Wert. Ja, wir warten, und wir horchen gleichsam ins Leben hinaus, in diese Ebene hinaus, die man Welt nennt, aufs Meer mit seinen Stürmen hinaus. Fuchs ist übrigens ausgetreten. Mir ist das sehr lieb. Ich wußte mit diesem Menschen nichts anzufangen.

Ich habe mit Herrn Benjamenta gesprochen, das heißt er hat mit mir gesprochen. «Jakob», sagte er zu mir, «sage mir, findest du nicht, daß das Leben, das du hier führst, karg ist, karg? Was? Ich möchte gern deine Meinung wissen. Sprich offen.» – Ich zog es vor, zu schweigen, doch nicht aus Trotz. Der Trotz ist mir längst vergangen. Aber ich schwieg, und zwar ungefähr so, als wenn ich hätte sagen wollen: «Mein Herr, gestatten Sie mir, zu schweigen. Auf eine solche Frage könnte ich höchstenfalles etwas Unziemliches sagen.» – Herr Benjamenta schaute mich aufmerksam an, und ich glaubte, er verstehe mein Schweigen. Es war auch tatsächlich so, denn er lächelte plötzlich und sagte: «Nicht wahr, Jakob, du wunderst dich ein wenig, wie wir hier im Institut so träge, so gleichsam geistesabwesend dahinleben? Ist es so? Ist dir das aufgefallen? Doch ich will dich durchaus nicht zu unverschämten Antworten verleiten. Ich muß dir ein Geständnis machen, Jakob. Höre, ich halte dich für einen klugen, anständigen jungen Menschen. Jetzt, bitte, werde frech. Und ich fühle mich veranlaßt, dir noch etwas anderes zu gestehen: ich, dein Vorsteher, ich meine es gut mit dir. Und noch ein drittes Geständnis: Ich habe eine seltsame, eine ganz eigentümliche, jetzt nicht mehr zu beherrschende Vorliebe für dich gewonnen. Du wirst jetzt mir gegenüber recht frech sein, nicht wahr, Jakob? Nicht wahr, junger Mensch, jetzt, nachdem ich mir vor dir eine Blöße gegeben habe, wirst du's wagen, mich mit Wegwerfung zu behandeln? Und du wirst jetzt trotzen? Ist es so, sage, ist es so?» – Wir beide, der bärtige Mann und ich, der Junge, schauten einander in die Augen. Es glich einem innerlichen Wettkampf. Schon wollte ich den Mund öffnen und irgend etwas Unterwürfiges sagen, doch ich vermochte mich zu beherrschen und schwieg. Und nun bemerkte ich, daß der riesenhaft gebaute Herr Vorsteher leise, leise zitterte. Von diesem Augenblick an war etwas Bindendes zwischen uns getreten, das fühlte ich, ja, ich fühlte es nicht nur, ich wußte es sogar. «Herr Benjamenta achtet mich», sagte ich mir, und infolge dieser wie ein Blitz auf mich niederstrahlenden Erkenntnis fand ich es für schicklich, ja sogar für geboten, zu schweigen. Wehe mir, wenn ich ein einziges Wort gesagt hätte. Ein einziges Wort würde mich zum unbedeutsamen kleinen Eleven erniedrigt haben, und soeben hatte ich doch eine ganz unzöglinghafte, menschliche Höhe erklommen. Das alles empfand ich tief, und wie ich jetzt weiß, habe ich mich in jenem Moment ganz richtig benommen. Der Vorsteher, der dicht zu mir getreten war, sagte dann folgendes: «Es ist etwas Bedeutendes an dir, Jakob.» – Er hielt inne, und ich fühlte sogleich, warum. Er wollte ohne Zweifel sehen, wie ich mich jetzt benähme.

Ich merkte das, und daher verzog ich auch nicht eine einzige Muskel meines Gesichtes, sondern schaute starr, wie gedankenlos, vor mich hin. Dann schauten wir uns wieder an. Ich blickte meinen Herrn Vorsteher streng und hart an. Ich heuchelte irgendwelche Kälte, irgendwelche Oberflächlichkeit, während ich doch am liebsten hätte in sein Gesicht lachen mögen, vor Freude. Aber ich sah es zu gleicher Zeit: er war zufrieden mit meiner Haltung, und er sagte endlich: «Mein Junge, geh wieder an deine Arbeit. Beschäftige dich mit etwas. Oder geh dich mit Kraus unterhalten. Geh.» – Ich verbeugte mich tief, ganz gewohnheitsgemäß, und entfernte mich. Draußen im Korridor blieb ich wieder, wie schon einmal früher, eigentlich auch ganz gewohnheitsgemäß, stehen und horchte durchs Schlüsselloch, ob sich da drinnen etwas rege. Aber es war alles still. Ich mußte leise und glücklich lachen, ganz dumm lachen, und dann ging ich ins Schulzimmer, wo ich Kraus im Halbdunkel, scheinbar von einem bräunlichen Lichtstrahl umflossen, sitzen sah. Ich blieb lange stehen. Tatsächlich, lange stund ich so, denn ich konnte etwas, irgend etwas, nicht ganz begreifen. Es war mir, als sei ich zu Hause. Nein, es war mir, als sei ich noch nicht geboren, als schwämme ich in etwas Vor-Gebürtigem. Es wurde mir heiß und meerhaft-undeutlich vor den Augen. Ich ging zu Kraus und sagte ihm: «Du, Kraus, ich habe dich lieb.» – Er knurrte, was das für Redensarten seien. Rasch zog ich mich in meine Kammer zurück. – Und jetzt? Sind wir Freunde? Sind Herr Benjamenta und ich Freunde? Jedenfalls besteht zwischen uns beiden ein Verhältnis, aber was für eins? Ich verbiete mir, mir das erklären zu wollen. Ich will hell, leicht und heiter bleiben. Fort mit den Gedanken.

Noch immer habe ich keine Stelle. Herr Benjamenta sagt mir, er bemühe sich. In ganz schroffem Gebieterton sagt er das und fügt hinzu: «Wie? Ungeduldig? Kommt alles. Warte!» – Von Kraus heißt es unter den Zöglingen, daß er vielleicht bald abgehe. Abgehen, das ist ein so berufshaft-komischer Ausdruck. Kraus geht bald fort? Hoffentlich sind das nur leere Gerüchte, Institut-Sensationen. Es gibt auch unter uns Zöglingen etwas wie einen aus Luft und Nichts herausgegriffenen Zeitungenklatsch. Die Welten, merke ich, sind überall dieselben. Ich bin übrigens wieder bei meinem Bruder Johann von Gunten gewesen, und dieser Mensch hat den Mut gehabt, mich unter Leute zu führen. Ich habe am Tisch reicher Leute gegessen, und ich werde die Art und Weise, wie ich mich benommen habe, nie vergessen. Einen alten, aber immerhin feierlichen Gehrock habe ich angehabt. Gehröcke machen alt und gewichtig. Nun, und da habe ich getan wie ein Mann von jährlich zwanzigtausend Mark Einkommen, mindestens. Ich habe mit Leuten geredet, die mir den Rücken gedreht hätten, wenn sie hätten ahnen können, wer ich bin. Frauen, die mich total verachten würden, wenn ich ihnen sagte, ich sei nur Zögling, haben mir zugelächelt und mir gleichsam Courage zugewunken. Und ich bin verblüfft gewesen über meinen Appetit. Wie gelassen man doch an fremden reichen Tischen zugreift. Ich sah, wie es alle machten, und ich machte es talentvoll nach. Wie gemein ist das. Ich empfinde etwas wie Scham darüber, dort, nämlich in jenen Kreisen, ein fröhliches Eß- und Trinkgesicht gezeigt zu haben. Von feiner Sitte habe ich wenig bemerkt. Dagegen merkte ich, daß man mich als schüchternen Jungen empfunden hat, während ich doch (in meinen Augen) platzte vor Frechheit. Johann benimmt sich gut in Gesellschaft. Er besitzt die leichte angenehme Fasson eines Menschen, der etwas gilt, und der das auch weiß. Sein Betragen ist für die Augen, die es betrachten, ein Labsal. Rede ich zu gut von Johann? O nein. Ich bin durchaus nicht verliebt in meinen Bruder, aber ich bemühe mich, ihn zu sehen, ganz, nicht nur halb. Vielleicht ist das allerdings Liebe. Meinetwegen. Sehr schön war es auch im Theater, doch ich will mich darüber nicht weiter verbreiten. Den feinen Rock habe ich dann wieder abgestreift. O, es ist hübsch, in eines geschätzten Menschen Kleidern zu gehen und herumzuschwirren. Ja, schwirren! Das ist es. Man zirpt und schwirrt so herum, dort, in den Kreisen der Gebildeten. Dann bin ich wieder ins Institut gekrochen und in meinen Zöglingsanzug. Ich bin gern hier, ich fühle es, und ich werde mich dummerweise später wahrscheinlich nach Benjamentas zurücksehnen, später, wenn ich etwas Großes geworden bin, doch ich werde ja nie, nie irgend etwas Großes, und ich zittere vor eigentümlicher Genugtuung, daß ich das zum voraus bestimmt weiß. Ein Schlag wird mich eines Tages treffen, so ein recht vernichtender Schlag, und dann wird alles, werden alle diese Wirrnisse, diese Sehnsucht, diese Unkenntnis, dies alles, diese Dank- und Undankbarkeit, diese Lügen und Selbstbetruge, dies Wissen-Meinen und dieses Doch-nie-etwas-Wissen zu Ende sein. Doch ich wünsche zu leben, gleichviel wie.

Etwas mir Unverständliches ist vorgefallen. Vielleicht hat es auch gar nichts zu bedeuten. Ich bin sehr wenig geneigt, mich von Mysterien bewältigen zu lassen. Ich saß, es war schon halb Nacht, ganz allein in der Schulstube.

Plötzlich stand Fräulein Benjamenta hinter mir. Ich hatte sie nicht eintreten gehört, sie mußte also ganz leise die Türe geöffnet haben. Sie fragte mich, was ich da mache, doch in einem Ton, daß ich gar nicht zu antworten brauchte. Sie sagte sozusagen, indem sie fragte, sie wisse es schon. Da gibt man natürlich keine Antwort mehr. Sie legte, wie wenn sie müde gewesen wäre und der Stütze bedurft hätte, die Hand auf meine Achsel. Da fühlte ich so recht, daß ich ihr gehörte, das heißt ihr gehörte? – Ja, einfach so ihr angehörte. Ich bin immer mißtrauisch gegenüber Empfindungen. Aber daß ich da ihr, dem Fräulein, quasi gehörte, das war wahr empfunden. Wir gehörten zusammen. Natürlich mit Unterschied. Doch wir stunden uns mit einmal sehr nahe. Immer, immer aber mit Unterschied. Ich hasse es geradezu, so gar wenig oder keine Unterschiede zu empfinden. Darin, daß Fräulein Benjamenta und ich zwei sehr verschieden geartete und gestellte Wesen waren, das zu spüren, darin lag für mich ein Glück. Ich verachte es im übrigen, mich zu belügen. Die Auszeichnungen und Vorteile, die nicht ganz, ganz echt sind, betrachte ich als meine Feinde. Es war da also ein großer Unterschied. Ja, was ist denn das? Komme ich über gewisse Unterschiede nicht hinaus? Doch da sagte das Fräulein plötzlich: «Komm mit. Steh auf und komm. Ich will dir etwas zeigen.» – Wir gingen zusammen. Vor unseren Augen, wenigstens vor den meinigen (vor ihren vielleicht nicht), lag alles in ein undurchdringliches Dunkel gehüllt. «Das sind die innern Gemächer», dachte ich, und ich täuschte mich auch nicht. Es verhielt sich so, und meine liebe Lehrerin schien entschlossen zu sein, mir eine bisher verborgen gewesene Welt zu zeigen. Doch ich muß Atem schöpfen.

Es war, wie gesagt, zuerst ganz dunkel. Das Fräulein nahm mich bei der Hand und sagte in freundlicher Tonart: «Siehe, Jakob, so wird es dunkel um dich sein. Und da wird dich jemand dann an der Hand führen. Und du wirst froh darüber sein und zum erstenmal tiefe Dankbarkeit empfinden. Sei nicht mißgestimmt. Es kommen auch Helligkeiten.» – Kaum hatte sie das gesagt, so brannte uns ein weißes, blendendes Licht entgegen. Ein Tor zeigte sich, und wir gingen, sie voran, ich dicht hinter ihr, durch die Öffnung hindurch, ins herrliche Licht-Feuer hinein. Ich hatte noch nie etwas so Glanzvolles und Vielsagendes gesehen, daher war ich auch wie betäubt. Das Fräulein sprach lächelnd, noch freundlicher wie vorher: «Blendet dich das Licht? Dann strenge dich an, es zu ertragen. Es bedeutet Freude, und man muß sie zu empfinden und zu ertragen wissen. Du kannst meinetwegen auch denken, es bedeute dein zukünftiges Glück, doch sieh, was geschieht da? Es schwindet. Das Licht zerfällt. Also, Jakob, sollst du kein langes, kein anhaltendes Glück haben. Schmerzt dich meine Aufrichtigkeit? Nicht doch. Komm weiter. Wir müssen uns ein wenig beeilen, denn noch manche Erscheinung soll durchwandert und durchzittert werden. Sag, Jakob, verstehst du auch meine Worte? Doch schweig. Du darfst hier nicht reden. Glaubst du, daß ich etwa eine Zauberin sei? Nein, ich bin keine Zauberin. Gewiß, ein ganz klein wenig zu zaubern, zu verführen, das verstehe ich schon. Jedes Mädchen versteht das. Doch komm jetzt.» – Mit diesen Worten öffnete das verehrte Mädchen eine Bodenlucke, wobei ich ihr helfen mußte, und wir stiegen zusammen, sie immer voran, in einen tiefgelegenen Keller hinunter. Zuletzt, als die steinernen Stufen aufhörten, traten wir auf feuchte weiche Erde. Es war mir, als befänden wir uns in der Mitte der Erdkugel, so tief und einsam kam es mir vor. Wir schritten einen langen, finstern Gang entlang, Fräulein Benjamenta sagte: «Wir sind jetzt in den Gewölben und Gängen der Armut und Entbehrung, und da du, lieber Jakob, wahrscheinlich dein Leben lang arm bleibst, so versuche bitte schon jetzt, dich an die Finsternis und an den kalten, schneidenden Geruch, die hier herrschen, ein wenig zu gewöhnen. Erschrick nicht und sei ja nicht böse. Gott ist auch hier, er ist überall. Man muß die Notwendigkeit lieben und pflegen lernen. Küsse die nasse Kellererde, ich bitte dich, ja, tu es. Damit lieferst du den sinnlichen Beweis deiner willigen Unterwerfung in die Schwere und in die Trübnis, die dein Leben, wie es scheint, zum größten Teil ausmachen werden.» – Ich gehorchte ihr, warf mich zur kalten Erde nieder und küßte sie voller Inbrunst, wobei mich ein unnennbarer kalter und zugleich heißer Schauer durchrann. Wir gingen weiter. Ah, diese Gänge des Not-Leidens und der furchtbaren Entsagung schienen mir endlos, und sie waren es vielleicht auch. Die Sekunden waren wie ganze Lebensläufe, und die Minuten nahmen die Größe von leidvollen Jahrhunderten an. Genug, endlich langten wir an einer trübseligen Mauer an, Fräulein sagte: «Geh und liebkose die Mauer. Es ist die Sorgenwand. Sie wird stets vor deinen Blicken aufgerichtet sein, und du bist unklug, wenn du sie hassest. Ei, man muß das Starre, das Unversöhnliche eben zu erweichen versuchen. Geh und probier es.» – Ich trat rasch, wie in leidenschaftlicher Eile, zur Mauer heran und warf mich ihr an die Brust. Ja, an die steinerne Brust, und sagte ihr einige gute, beinahe scherzende Worte. Und sie blieb, wie zu erwarten war, unbeweglich.

Ich spielte Komödie, schon meiner Lehrerin zulieb, gewiß, und doch war es wiederum nichts weniger als Komödie, was ich tat. Und doch lächelten wir beide, sie, die Meisterin sowohl, wie ich, ihr unreifer Schüler. «Komm», sagte sie, «wir wollen uns jetzt ein wenig Freiheit, ein wenig Bewegung gönnen.» – Und damit berührte sie mit dem kleinen weißen bekannten Herrin-Stab die Mauer, und weg war der ganze garstige Keller, und wir befanden uns auf einer glatten, offenen, schlanken Eis- oder Glasbahn. Wir schwebten dahin wie auf wunderbaren Schlittschuhen, und zugleich tanzten wir, denn die Bahn hob und senkte sich unter uns wie eine Welle. Es war entzückend. Ich hatte nie so etwas gesehen, und ich rief vor lauter Freude: «Wie herrlich.» – Und über uns schimmerten die Sterne in einem sonderbarerweise ganz blaßblauen und doch dunklen Himmel, und der Mond starrte, überirdisch leuchtend, auf uns Eisläufer herab. «Das ist die Freiheit», sagte die Lehrerin, «sie ist etwas Winterliches, Nicht-lange-zu-Ertragendes. Man muß sich immer, so wie wir es hier tun, bewegen, man muß tanzen in der Freiheit. Sie ist kalt und schön. Verliebe dich nur nicht in sie. Das würde dich nachher nur traurig machen, denn nur momentelang, nicht länger, hält man sich in den Gegenden der Freiheit auf. Bereits sind wir etwas zu lang hier. Sieh, wie die wundervolle Bahn, auf der wir schweben, langsam sich wieder auflöst. Jetzt kannst du die Freiheit sterben sehen, wenn du die Augen aufmachst. Im späteren Leben wird dir dieser herzbeklemmende Anblick noch oft zuteil werden.» – Kaum hatte sie ausgesprochen, so sanken wir von der erklommenen Höhe und Lustigkeit in etwas Müdes und Trauliches hinunter, es war ein kleines, mit raffiniertem

Wohlbehagen ganz gefüttertes und erfülltes, köstlich nach Träumereien duftendes, reich mit allerhand lüsternen Szenen und Bildern tapeziertes Ruhe-Gemach. Es war ein geradezu gemächliches Gemach. Oft schon hatte ich von richtigen Gemächern geträumt. Hier befand ich mich nun in einem solchen. Musik rieselte an den bunten Wänden wie Anmutsschnee herunter, man sah es direkt musizieren, die Töne glichen einem bezaubernden Schneegestöber. «Hier», sagte das Fräulein, «kannst du ruhen. Sage dir selber, wie lange.» – Wir lächelten beide über diese rätselhaften Worte, und obgleich mich ein unsagbar zartes Bangen beschlich, zögerte ich nicht, es mir in dem Lustgemach auf einem der Teppiche, die da vor mir lagen, bequem zu machen. Eine Zigarette von selten gutem Geschmack flog mir von oben herab in den unwillkürlich geöffneten Mund, und ich rauchte. Ein Roman schwirrte herbei, mir gerade in die Hände, und ich konnte ungestört darin lesen. «Das ist nichts für dich. Lies nicht in solchen Büchern. Steh auf. Komm lieber. Die Weichlichkeit verführt zur Gedankenlosigkeit und Grausamkeit. Hörst du, wie es zornig einherdonnert und -rollt? Das ist das Ungemach. Du hast jetzt in einem Gemach Ruhe genossen. Nun wird das Ungemach über dich herabregnen und Zweifel und Unruhe werden dich durchnässen. Komm. Man muß tapfer ins Unvermeidliche hineingehen.» – So sprach die Lehrerin, und kaum hatte sie zu Ende gesprochen, da schwamm ich in einem dickflüssigen, höchst unangenehmen Strom von Zweifel. Durch und durch entmutigt, wagte ich gar nicht, mich umzuschauen, ob sie noch neben mir sei. Nein, die Lehrerin, die Hervorzauberin all dieser Erscheinungen und Zustände, war verschwunden. Ich schwamm ganz allein.

Ich wollte schreien, aber das Wasser drohte mir in den Mund zu laufen. O dieses Ungemach. Ich weinte, und ich bereute bitter, mich der lüsternen Bequemlichkeit hingegeben zu haben. Da plötzlich saß ich wieder im Institut Benjamenta, in der dunkelnden Schulstube, und Fräulein Benjamenta stand noch hinter mir, und sie streichelte mir die Wangen, aber nicht so, als wenn sie mich, sondern, als wenn sie sich selber trösten müßte. «Sie ist unglücklich», dachte ich. Da kamen Kraus, Schacht und Schilinski von einem gemeinsamen Ausgang zurück. Rasch zog das Mädchen die Hand von mir weg und ging in die Küche, um das Abendbrot zuzubereiten. Träumte ich? Aber wozu mich fragen, wenn es doch jetzt ans Abendessen geht? Es gibt Zeiten, wo ich entsetzlich gern esse. Ich kann dann in die dümmsten Speisen hineinbeißen wie ein hungriger Handwerksbursche, ich lebe dann wie in einem Märchen und nicht mehr als Kulturmensch in einem Kulturzeitalter.

Sehr amüsant sind manchmal unsere Turn- und Tanzstunden. Geschick zeigen zu müssen, das ist nicht ohne Gefahr. Wie kann man sich doch blamieren. Zwar, wir Zöglinge lachen uns nicht aus. Nicht? O doch. Man lacht mit den Ohren, wenn man mit dem Mund nicht lachen darf. Und mit den Augen. Die Augen lachen so gern. Und den Augen Vorschriften zu machen, das ist zwar ganz gut möglich, aber doch ziemlich schwer. So zum Beispiel darf hier nicht geblinzelt werden, blinzeln ist spöttisch und daher zu vermeiden, aber man blinzelt halt doch manchmal. So ganz die Natur zu unterdrücken, das geht eben doch nicht. Und doch geht's. Aber hat man sich auch die Natur total abgewöhnt, es bleibt immer ein Hauch, ein Rest übrig, das zeigt sich immer. Der lange Peter zum Beispiel kann sich die höchsteigene, persönliche Natur sehr schlecht abgewöhnen. Manchmal, wenn er tanzen, sich graziös bewegen und erweisen soll, besteht er gänzlich aus Holz, und das Holz ist bei Peter eben Naturanlage, gleichsam Gottesgeschenk. O wie muß man doch über ein Klafter Holz, wenn es in Form eines langen Menschen erscheint, lachen, so prächtig in die Brust hineinlachen. Ein Gelächter ist das reine Gegenteil von einem Stück Holz, es ist etwas Entzündendes, etwas, was da in einem drinnen Streichhölzer anzündet. Streichhölzer kichern, genau wie ein unterdrücktes Gelächter. Ich mag mich sehr, sehr gern am Herausschallen des Lachens verhindern lassen. Das kitzelt so wunderbar: es nicht loslassen zu dürfen, was doch so gern herausschießen möchte. Was nicht sein darf, was in mich hinab muß, ist mir lieb. Es wird dadurch peinlicher, aber zugleich wertvoller, dieses Unterdrückte. Ja ja, ich gestehe, ich bin gern unterdrückt. Zwar. Nein, nicht immer zwar. Herr Zwar soll mir abmarschieren. Was ich sagen wollte: etwas nicht tun dürfen, heißt, es irgendwo anders doppelt tun. Nichts ist fader als eine gleichgültige, rasche, billige Erlaubnis. Ich verdiene, erfahre gern alles, und zum Beispiel ein Lachen bedarf auch der Durch-Erfahrung. Wenn ich innerlich zerspringe vor Lachen, wenn ich kaum noch weiß, wo ich all das zischende Pulver hintun soll, dann weiß ich, was Lachen ist, dann habe ich am lächerigsten gelacht, dann habe ich eine vollkommene Vorstellung dessen gehabt, was mich erschütterte. Ich muß demnach unbedingt annehmen und es als feste Überzeugung aufbewahren, daß Vorschriften das Dasein versilbern, vielleicht sogar vergolden, mit einem Wort reizvoll machen. Denn wie mit dem verbotenen reizenden Lachen ist es doch sicher mit fast allen andern Dingen und Gelüsten ebenfalls. Nicht weinen dürfen zum Beispiel, nun, das vergrößert das Weinen. Liebe entbehren, ja, das heißt lieben. Wenn ich nicht lieben soll, liebe ich zehnfach. Alles Verbotene lebt auf hundertfache Art und Weise; also lebt nur lebendiger, was tot sein sollte. Wie im Kleinen, so ist es im Großen. Recht hübsch, recht alltäglich gesagt, aber im Alltäglichen ruhen die wahren Wahrheiten. Ich schwatze wieder ein wenig, nicht wahr? Geb' es gern zu, daß ich schwatze, denn mit etwas müssen doch Zeilen ausgefüllt werden. Wie entzückend, wie entzückend sind verbotene Früchte.

Vielleicht schwebt jetzt zwischen Herrn Benjamenta und mir etwas wie eine beiden Teilen sichtbare, verbotene Frucht. Doch wir beide drücken uns nicht deutlich aus. Wir scheuen vor der offenen Sprache zurück, und das ist gewiß nur zu billigen. Mir zum Beispiel ist eigentlich die Freundlichkeit der Behandlung unsympathisch. Ich rede im allgemeinen. Gewisse Leute, die mir zugetan sind, sind mir zuwider, ich kann das hier nicht nachdrücklich genug betonen. Natürlich finde auch ich an der Milde, am Herzlichen Geschmack. Wer könnte so roh sein, alle Vertraulichkeit, alles wärmere Wesen gänzlich zu verabscheuen. Aber ich hüte mich stets, nahezutreten, und ich weiß nicht, ich muß darin Talent besitzen, jemanden von der Unklugheit gewisser Annäherungen stumm zu überzeugen, wenigstens halte ich es für schwierig, sich in mein Vertrauen zu stehlen. Und meine Wärme ist mir kostbar, sehr kostbar, und derjenige, der sie besitzen will, muß äußerst vorsichtig vorgehen, und das will nun Herr Vorsteher. Dieser Herr Benjamenta will, wie es scheint, mein Herz besitzen und Freundschaft mit mir schließen. Vorläufig behandle ich ihn aber eisig kalt, und wer weiß: ich will vielleicht gar nichts von ihm wissen.

«Du bist jung», sagt Herr Vorsteher zu mir, «du strotzest von Lebensaussichten. Wart mal, habe ich da etwas sagen wollen und es jetzt vergessen? Du mußt wissen, Jakob, ich habe dir eine Menge Dinge zu sagen, und da kann man das Schönste und Tiefste, eh' man bis drei gezählt hat, vergessen. Und du schaust drein, siehst du, wie das gute, frische Gedächtnis selber, während meines schon altet. Mein Kopf, Jakob, ist am Sterben. Entschuldige, wenn ich etwas zu weich, zu vertraulich rede. Ich muß einfach lachen. Da bitte ich dich, mich zu entschuldigen, während ich dich durchprügeln könnte, wenn ich es für nötig fände. Wie hart mich deine jungen Augen anblicken. Ei, ei, und ich könnte dich an die Wand werfen, daß dir Hören und Sehen für immer vergingen. Ich weiß es gar nicht, wie es hat kommen können, daß ich mich dir gegenüber so aller Vorgesetztengewalt entkleidet habe. Du lachst mich wohl heimlich aus. Leise gesagt: Hüte dich da. Du mußt wissen, mich packen Wildheiten an, und ehe ich mich verhindern kann, sind alle meine Besinnungen geschwunden. O mein kleiner Bursch, nein, fürchte dich nicht. Es ist ja so gänzlich, so gänzlich unmöglich, dir etwas zuleide zu tun, aber sage, was wollte ich dich doch fragen. Sage, du fürchtest dich wohl gar nicht ein bißchen? Und jung bist du und hast Hoffnungen, und jetzt wirst du ja wohl bald in eine dir ziemende Stellung kommen? Nicht? Ja eben, das ist es. Ja, das ist es, was mir leid tut, denn denke dir, manchmal ist mir, als seiest du mein junger Bruder oder sonst etwas Natürlich-Nahes, so verwandt kommst du mir, kommen mir deine Gebärden, die Sprache, der Mund, alles, nun, mit einem Wort, du, mir vor. Ich bin ein abgesetzter König. Du lächelst? Ich finde es einfach köstlich, weißt du, daß dir jetzt gerade, wo ich von abgesetzten, ihrer Throne enthobenen Königen spreche, ein Lächeln, solch ein spitzbübisches Lächeln entflieht. Du hast Verstand, Jakob. O, man kann sich mit dir so hübsch unterhalten. Es ist prickelnd reizvoll, sich dir gegenüber ein wenig schwach und weicher, als gewöhnlich, zu benehmen. Ja, du forderst geradezu heraus zur Fahrlässigkeit, zur Lockerung, zur Preisgabe der Würde. Man mutet dir, glaubst du das, Edelsinn zu, und da reizt es einen ganz mächtig, sich vor dir in schönen, wohltuenden Erklärungen und Geständnissen zu verlieren, so zum Beispiel ich, dein Herr, vor dir, meinem jungen armen Wurm, den ich, wenn's mich gelüstete, zermalmen könnte. Gib mir die Hand. So. Laß mich dir sagen, daß du es verstanden hast, mir Respekt vor dir abzunötigen. Ich achte dich hoch, und – ich – darf – es dir sagen. Und nun habe ich eine Bitte an dich: willst du mein Freund, mein kleiner Vertrauter sein? Ich bitte dich, sei es. Doch ich will dir Zeit lassen, das alles zu bedenken, du darfst gehen. Bitte, geh, laß mich allein.» – So spricht zu mir mein Herr Vorsteher, der Mann, der, wie er selber sagt, mich zermalmen kann, sobald er nur will. Ich verbeuge mich jetzt nicht mehr vor ihm, es würde ihm weh tun. Was er da nur von abgesetzten Königen gesprochen hat? Ich werde über diese ganze Sache keine Gedanken verlieren, wie er mir anempfiehlt, sondern ich werde einfach fortfahren, Form zu bewahren. Jedenfalls heißt es aufpassen. Er spricht von Wildheit? Nun, ich muß sagen, das ist sehr ungemütlich. Zum an der Wand zerquetscht zu werden, dazu bin ich mir denn doch zu gut. Ob ich es dem Fräulein sage? O pfui, nicht doch. Ich habe Mut genug, über etwas Seltsames Schweigen zu bewahren, und Verstand genug, mit etwas Zweifelhaftem allein fertig zu werden. Vielleicht ist Herr Benjamenta verrückt. Jedenfalls gleicht er dem Löwen, ich aber der Maus. Nette Zustände sind das, die sich da jetzt im Institut eingeschlichen haben. Nur niemandem etwas sagen. Eine verschwiegene Angelegenheit ist manchmal schon eine gewonnene. Das alles sind Dummheiten. Basta.

Was ich manchmal für Einbildungen habe! Es grenzt beinahe an das Absurde. Mit einem Mal, ohne daß ich es habe verhindern können, war ich Kriegsoberst geworden, so ums Jahr 1400 herum, nein, etwas später, zur Zeit der mailändischen Feldzüge. Ich und meine Herren Offiziere, wir tafelten. Es war nach einer gewonnenen Schlacht, und unser Ruhm mußte sich in den nächsten Tagen durch ganz Europa verbreiten. Wir tranken und waren lustig. Nicht etwa in einem Zimmer hielten wir Tafel, nein, auf freiem Feld. Die Sonne war eben am Untergehen, da wurde vor meine Augen, deren Strahl Schlachtenangriff und -sieg bedeutete, eine Kreatur geführt, ein ganz armer Teufel, ein ertappter Verräter. Der unglückliche Mensch schaute zitternd zu Boden, wohl wissend, daß er nicht das Recht hatte, den Feldherrn anzuschauen. Ich sah ihn an, ganz leicht, dann schaute ich diejenigen ebenso leicht und schnell an, die ihn hergeführt hatten, dann widmete ich mich dem volleingeschenkten Glas Wein, das vor mir stand, und diese drei Bewegungen bedeuteten: «Geht. Und henkt ihn.» Sogleich ergriffen ihn die Leute, doch da schrie der Verruchte wie verzweifelt, noch mehr, wie zerrissen, zum voraus zerrissen von tausend entsetzlichen Martertoden. Meine Ohren hatten in den Gefechten und Kämpfen, die mein Leben erfüllten, schon allerlei Töne gehört, und meine Augen waren an den Anblick des Furchtbaren und Jammervollen mehr wie gewöhnt, doch merkwürdig, das konnte ich nicht ertragen. Wieder drehte ich mich nach dem Verdammten um, außerdem winkte ich meinen Soldaten. «Laßt ihn laufen», sagte ich, das Glas an der Lippe, um es kurz zu machen. Da geschah etwas ebenso Ergreifendes wie Widerwärtiges. Der Mann, dem ich das Leben geschenkt hatte, das Verbrecher- und Verräterleben, stürzte wie unsinnig zu meinen Füßen und küßte den Staub meiner Schuhe. Ich stieß ihn weg. Ich war von Ekel und Grauen erfaßt worden. Mich berührte die Gewalt, die ich ausübte, die Macht, mit der ich frei spielen konnte, wie der Sturmwind mit Blättern, peinlich, ich lachte daher und befahl dem Menschen, sich zu entfernen. Er hatte beinahe den Verstand verloren. Eine tierische Freude brach sich ihm durch Augen und Mund Bahn, er lallte Dank, Dank und kroch weg. Wir andern ergaben uns bis in die Nacht hinein einem ausgelassenen Gesöffe und Gelage, und am frühen Morgen, noch immer saßen wir bei der Tafel, empfing ich mit einer Würde, einer Hoheit, die selbst mir beinahe ein Lächeln abnötigte, den Gesandten des Papstes. Ich war der Held, der Herr des Tages. Von meiner Laune, meiner Zufriedenheit hing der Frieden von halb Europa ab.

Doch ich spielte den diplomatischen Herren gegenüber den Dummen, den Guten, es paßte mir so, ich war etwas ermüdet, mich begehrte, in die Heimat zurückzukehren. Ich ließ mir die Vorteile, die mir der Krieg zuerteilte, wieder abnehmen. Natürlich bin ich später in den Grafenstand erhoben worden, dann habe ich geheiratet, und jetzt bin ich so tief gesunken, daß es mich gar nicht geniert, ein niedriger, kleiner Eleve des Institutes Benjamenta zu sein und Kameraden zu haben wie Kraus, Schacht, Hans und Schilinski. Man muß mich nackt auf die kalte Straße werfen, dann stelle ich mir vielleicht vor, ich sei der allesumfassende Herrgott. Es ist Zeit, daß ich die Feder aus der Hand lege.

Für so Kleine und Niedrige, wie wir Zöglinge sind, gibt es nichts Komisches. Der Entwürdigte nimmt alles ernst, aber auch alles leicht, beinahe frivol. Mir kommt unsere Tanz-, Anstands- und Turnstunde wie das öffentliche, wichtige, große Leben selber vor, und dann verwandelt sich vor meinen Augen die Schulstube in ein herrschaftliches Zimmer, in eine Straße voller Menschenverkehr, in ein Schloß mit alten, langen Korridoren, in eine Amtsstube, in ein Gelehrtenkabinett, in einen Damen-Empfangsraum, je nachdem, in alles Mögliche. Wir müssen eintreten, grüßen, uns verneigen, sprechen, eingebildete Geschäfte oder Aufträge erledigen, Bestellungen ausrichten, dann plötzlich sitzen wir bei Tisch und essen auf hauptstädtische Manier, und Diener bedienen uns. Schacht, oder vielleicht gar Kraus, stellt eine hocharistokratische Dame vor, und ich übernehme es, sie zu unterhalten. Wir sind dann alle Kavaliere, der lange Peter nicht ausgenommen, der sich ja sowieso stets als Kavalier fühlt. Dann tanzen wir. Wir hüpfen umher, verfolgt von den lächelnden Blicken der Lehrerin, und plötzlich rennen wir einem Verwundeten zu Hilfe. Er ist auf der Straße überfahren worden. Wir schenken scheinbaren Bettlern irgendeine Kleinigkeit, schreiben Briefe, brüllen unsern Burschen an, gehen in die Versammlung, suchen Orte auf, wo man französisch spricht, üben uns im Hutabnehmen, sprechen von Jagd, Finanzen und Kunst, küssen Damen, die wir uns gewogen wissen wollen, untertänig die gnädig ausgestreckten fünf hübschen Finger, bummeln als Bummler, schlürfen Kaffee, essen Schinken in Burgunder, schlafen in eingebildeten Betten, stehen ebenso scheinbar wieder des Morgens in aller Frühe auf, sagen: «Guten Tag, Herr Amtsrichter», prügeln uns, denn das kommt ja im Leben oft auch vor, und tun eben alles, was im Leben vorkommt. Sind wir müde von all den Dummheiten, so klopft Fräulein mit dem Stab gegen eine Kante und sagt: «Allons, vorwärts, Jungens. Arbeiten!» – Dann wird wieder gearbeitet. Wir treiben uns im Zimmer umher wie Wespen. Man kann das gar nicht recht schildern, und sind wir wieder ermattet, so ruft die Lehrerin: «Wie? Ist euch das öffentliche Leben so rasch verleidet? Macht, macht. Zeigt, wie das Leben ist. Es ist leicht, aber man muß munter sein, sonst wird man vom Leben zertreten.» – Und frisch geht es wieder los. Wir reisen, wobei unsere Bedienten Dummheiten machen. Wir sitzen in Bibliotheken und studieren. Wir sind Soldaten, echte Rekruten, und müssen liegen und schießen. Wir treten in Kaufläden, um zu kaufen, in Badeanstalten, um zu baden, in Kirchen, um zu beten: «Gott, führe uns nicht in Versuchung.» Und im nächsten Augenblick

sitzen wir mitten in der gröbsten Verfehlung und sündi-
gen. «Hört auf. Genug für heute», sagt dann, wenn es
Zeit ist, das Fräulein. Dann ist das Leben erloschen, und
der Traum, den man menschliches Leben nennt, nimmt
eine andere Richtung. Meist gehe ich dann auf eine halbe
Stunde spazieren. Ein Mädchen begegnet mir immer in
der Anlage, wo ich auf einer Bank sitze. Sie scheint Ver-
käuferin zu sein. Sie biegt jedesmal den Kopf nach mir um
und sieht mich lang an. Sie schmachtet zu sehr. Übrigens
hält sie mich für einen Herrn mit monatlichem Salär. Ich
sehe so gut, nach etwas so Rechtem aus. Sie irrt sich, und
ich ignoriere sie daher.

Dann und wann spielen wir auch Theater, und zwar
Lustspiel, das ins Possenhafte ausartet, bis uns die Lehrerin
einen Wink erteilt, aufzuhören: Die Mutter: «Ich kann
Ihnen meine Tochter nicht zur Frau geben. Sie sind zu
arm.» Der Held: «Armut ist keine Schande.» – Die Mutter: «Papperlappa, Redensarten. Was haben Sie denn für
Aussichten?» – Die Liebhaberin: «Mama, ich muß Sie
bei aller Verehrung, die ich für Sie empfinde, bitten, höflicher mit dem Mann, den ich liebe, zu reden.» – Mutter:
«Schweig! Eines Tages wirst du mir danken, daß ich ihn
mit unnachsichtlicher Strenge behandelt habe. – Mein
Herr, sagen Sie, wo haben Sie denn eigentlich studiert?»
– Der Held (er ist Pole und wird von Schilinski dar-
gestellt): «Gnädige Frau, ich bin aus dem Institut Benjamenta hervorgegangen. Verzeihen Sie den Stolz, mit dem
ich das sage.» – Die Tochter: «Ach, Mama, sehen Sie
doch, wie er sich benimmt. Welche feinen Manieren.» –
Mutter (streng): «Schweig von Manieren. Auf aristo-

kratisches Benehmen kommt es doch längst nicht mehr an. Sie, mein Herr, bitte, sagen Sie mir gefälligst: Was haben Sie denn dort im Institut Bagnamenta gelernt?» – Der Held: «Verzeihen Sie: Benjamenta, nicht Bagnamenta, heißt die Lehranstalt. Was ich gelernt habe? Nun allerdings, ich muß sagen, ich habe dort sehr wenig gelernt. Aber es kommt doch heutzutage gar nicht mehr aufs viele Wissen an. Das müssen Sie selbst zugeben.» – Die Tochter: «Hören Sie, liebe Mama?» – Die Mutter: «Schweig mir, du Mißratene, vom Anhören oder gar Ernstnehmen solch eines Geschwätzes. Mein hübsch aussehender junger Herr, Sie würden mir einen Gefallen erweisen, wenn Sie sich auf Nimmerwiedersehen entfernen wollten.» – Der Held: «Was wagt man mir da zu bieten? – Nun, sei es. Adieu, ich gehe.» Er tritt ab usw. usw. Der Inhalt unserer kleinen Dramen nimmt stets Bezug auf die Schule und auf die Zöglinge. Ein Zögling erlebt allerhand bunt durcheinandergeworfene Schicksale, gute und schlechte. Er hat Erfolg in der Welt oder äußersten Mißerfolg. Das Ende eines Stückes ist immer die Verherrlichung und Versinnbildlichung bescheidenen Dienens. Das Glück dient: das ist die Moral unserer dramatischen Literatur. Unser Fräulein pflegt während der Darstellungen die Zuschauerwelt zu spielen. Sie sitzt gleichsam in einer Loge und blickt durch das Augenglas auf die Bühne, das heißt auf uns Spielende. Kraus ist der schlechteste Schauspieler. So etwas liegt ihm gar nicht. Am besten spielt entschieden der lange Peter. Auch Heinrich ist reizend auf der Bühne.

Ich habe die etwas beleidigende Empfindung, als wenn ich in der Welt immer zu essen haben werde. Ich bin gesund, und ich werde es bleiben, und man wird mich stets zu irgend etwas brauchen können. Ich werde meinem Staat, meiner Gemeinde nie zur Last fallen. Das zu denken, das heißt zu denken, daß man als ein niedriger Mensch sein tägliches Brot zu essen haben wird, würde mich tief verwunden, wenn ich noch der frühere Jakob von Gunten wäre, wenn ich noch der Abkömmling, der Sproß meines Hauses wäre, aber ich bin ja ein ganz, ganz anderer geworden, ein gewöhnlicher Mensch bin ich geworden, und daß ich gewöhnlich geworden bin, das verdanke ich Benjamentas, und das erfüllt mich mit einer unnennbaren, vom Tau der Zufriedenheit glänzenden und tropfenden Zuversicht. Ich habe den Stolz, die Ehren-Arten gewechselt. Wie komme ich dazu, so jung schon so zu entarten? Aber ist das Entartung? In gewisser Hinsicht ja, andernteils ist es Erhaltung der Art. Ich bleibe vielleicht als irgendwo im Leben verlorener und verschollener Mensch ein echterer, stolzerer Gunten, als wenn ich, auf den Stammbaum pochend, zu Hause verdürbe, entherzte und verknöcherte. Nun, mag das sein, wie es sein will. Ich habe Wahl getroffen, und dabei bleibt es. In mir lebt eine sonderbare Energie, das Leben von Grund auf kennen zu lernen, und eine unbezwingliche Lust, Menschen und Dinge zu stacheln, daß sie sich mir offenbaren. Hier fällt mir Herr Benjamenta ein. Aber ich will an etwas anderes denken, das heißt ich mag an nichts mehr denken.

Ich habe eine Anzahl Menschen kennen gelernt, durch Johanns Freundlichkeit. Es sind Künstler darunter, und es scheinen nette Menschen zu sein. Nun, was kann man sagen bei so flüchtiger Berührung. Eigentlich gleichen sich die Leute, die sich bemühen, Erfolg in der Welt zu haben, furchtbar. Es haben alle dieselben Gesichter. Eigentlich nicht, und doch. Alle sind einander ähnlich in einer gewissen, rasch dahinsausenden Liebenswürdigkeit, und ich glaube, das ist das Bangen, das diese Leute empfinden. Sie behandeln Menschen und Gegenstände rasch herunter, nur damit sie gleich wieder das Neue, das ebenfalls Aufmerksamkeit zu fordern scheint, erledigen können. Sie verachten niemanden, diese guten Leute, und doch, vielleicht verachten sie alles, aber das dürfen sie nicht zeigen, und zwar deshalb nicht, weil sie fürchten, plötzlich etwa eine Unvorsichtigkeit zu begehen. Sie sind liebenswürdig aus Weltschmerz und nett aus Bangen. Und dann will ja jeder Achtung vor sich selber haben. Diese Leute sind Kavaliere. Und sie scheinen sich nie ganz wohl zu befinden. Wer kann sich wohl befinden, wer auf die Achtungsbezeugungen und Auszeichnungen der Welt Wert legt? Und dann, glaube ich, fühlen diese Menschen, da sie doch einmal Gesellschafts- und durchaus keine Naturmenschen mehr sind, stets den Nachfolger hinter sich. Jeder spürt den unheimlichen Überrumpler, den heimlichen Dieb, der mit irgendeiner neuen Begabung dahergeschlichen kommt, um Schädigungen und Herabsetzungen aller Art um sich herum zu verbreiten, und deshalb ist in diesen Menschenkreisen der ganz Neu-Auftretende immer der Gesuchteste und Bevorzugteste, und wehe den Älteren, wenn sich dieser Neue durch Geist, Talent oder Naturgenie irgendwie auszeichnet. Ich drücke mich übrigens etwas zu einfach aus. Es ist da noch etwas ganz anderes. Es herrscht unter diesen Kreisen der fortschrittlichen Bildung eine kaum zu übersehende und mißzuverstehende Müdigkeit. Nicht die formelle Blasiertheit etwa des Adels von Abstammung, nein, eine wahrhafte, eine ganz wahre, auf höherer und lebhafterer Empfindung beruhende Müdigkeit, die Müdigkeit des gesunden-ungesunden Menschen. Sie sind alle gebildet, aber achten sie einander? Sie sind, wenn sie ehrlich nachdenken, zufrieden mit ihren Weltstellungen, aber sind sie auch zufrieden? Übrigens gibt es reiche Menschen unter ihnen. Von denen rede ich hier nicht, denn das Geld, das ein Mann besitzt, zwingt zu ganz andern, ganz neuen Voraussetzungen zu der Beurteilung solch eines Mannes. Doch es sind alles höfliche und in ihrer Art bedeutende Menschen, und meinem Bruder muß ich sehr, sehr dankbar sein, daß er mich ein Stück Welt hat kennen lernen lassen. Man liebt es jetzt schon, mich dort, nämlich in jenen Kreisen, den kleinen von Gunten zu nennen, zum Unterschied von Johann, den sie den großen von Gunten getauft haben. Das sind Späße, die Welt liebt eben Späße. Ich nicht, aber das alles ist ja so unbedeutend. Ich fühle, wie wenig mich das angeht, was man Welt nennt, und wie mir groß und hinreißend vorkommt, das, was ich Welt nenne, ganz im stillen. Mein Bruder hat sich indes Mühe gegeben, mich unter Menschen zu führen, und es ist Pflicht für mich, mir viel daraus zu machen. Und es ist ja auch viel. Mir ist alles, sogar das Kleinste, viel. Ein paar Menschen vollkommen kennen zu lernen, dazu bedürfte es eines Menschenlebens. Das sind nun wieder Benjamentasche Grundsätze, und wie unähnlich sind Benjamentas dem, was Welt bedeutet. Ich will schlafen gehen.

Ich vergesse nie, daß ich ein Abkömmling bin, der nun von unten, von ganz unten anfängt, ohne doch die Eigenschaften, die nötig sind, emporzugelangen, zu besitzen. Vielleicht, ja. Es ist alles möglich, aber ich glaube nicht an die eitlen Stunden, in denen ich mir Glück, verbunden mit Glanz, vorspiegle. Ich habe gar keine Emporkömmlingstugenden. Ich bin manchmal frech, aber nur aus Laune. Der Emporkömmling aber ist von einer permanenten bescheiden-tuenden Frechheit, oder von einer frechen, fortwährend frechen Unbedeutendheitsgebärde. Und es gibt viele Emporkömmlinge, und was sie errungen haben, das halten sie stupide fest, und das ist ausgezeichnet. Sie können auch nervös sein, ungehalten, verdrießlich und «all der Dinge» müde, aber der Überdruß dringt nicht tief beim wahrhaften Emporkömmling. Emporkömmlinge sind Herren, und solch einem Herrn, einem vielleicht etwas protzigen Herrn, werde ich Abkömmling, oder was ich sonst bin, dienen, und ehrenhaft dienen, treu, verläßlich, fest, ganz gedankenlos, ganz unerpicht auf persönliche Vorteile, denn nur so, nämlich ganz anständig, werde ich überhaupt jemandem dienen können, und jetzt merke ich, daß ich Verwandtes mit Kraus habe, und ich schäme mich beinahe ein wenig. Nie und nimmer erreicht man mit Empfindungen, wie die sind, mit denen ich der Welt gegenüberstehe, je Großes, es sei denn, man pfeife aufs glitzernde Große und nenne das groß, was ganz grau, still, hart und niedrig ist. Ja, dienen werde ich, und Verpflichtungen, deren Erfüllung nichts weniger als schimmert, werde ich immer und immer übernehmen, immer wieder, und ich werde kreuzdumm vor Seligkeit erröten, wenn man mir leichthin Dank sagt. Dumm ist das, aber durchaus wahr, und ich bin nicht fähig, über diese Wahrnehmung traurig zu sein. Ich muß es bekennen: ich bin nie traurig, ich fühle mich nie, nie vereinsamt, und auch das ist dumm, denn mit der Sentimentalität, mit dem, was man den Schrei nennt, macht man die besten, die emporkömmlichsten und bekömmlichsten Geschäfte. Aber ich bedanke mich für die Mühseligkeiten, für die unfeinen Anstrengungen, auf solche Art zu Ehre und Ansehen zu gelangen. Zu Hause, bei Vater und Mutter, duftete es alle Wände entlang nach Takt. Nun gut, das meine ich nur so. Es war vornehm bei uns zu Hause. Und so hell. Der ganze Haushalt glich einem graziösen, gütigen Lächeln. Mama ist ja so fein. Schon gut. Also Abkömmling und verurteilt, zu dienen und die Person sechsten Ranges im Weltleben zu spielen. Meiner Ansicht nach paßt das, denn, o wie sagte doch Johann: «Die Mächtigen, das sind die Verhungerten.» – Ich glaube so etwas nicht gern. Und hab' ich es überhaupt nötig, mich trösten zu lassen? Kann man einen Jakob von Gunten trösten? So lange ich gesunde Glieder habe, ist das ausgeschlossen.

Wenn ich will, wenn ich es mir befehle, kann ich alles verehren, sogar das schlechte Benehmen, aber es muß von Gold strotzen. Die üblen Manieren müssen Zwanzigmarkstücke hinter sich fallen lassen, dann verneige ich mich vor, sogar noch hinter ihnen. Herr Benjamenta ist übrigens auch dieser Meinung. Er sagt, es sei unrichtig, das Geld und den Vorteil, die aus unschönen Händen kommen, zu verachten. Ein Eleve des Institutes Benjamenta soll das meiste eben achten, nicht verachten. – Zu was anderem. Turnen, das ist schön. Ich liebe es leidenschaftlich, und ich bin selbstverständlich ein guter Turner. Mit einem edlen Menschen Freundschaft schließen und Turnen, das sind wohl zwei der schönsten Sachen, die es auf der Welt gibt. Tanzen, und einen Menschen finden, der mir Achtung entlockt, ist mir ein und dasselbe. Ich bewege so gern die Geister und Glieder. Nur allein Beinschwingen, ist das doch hübsch! Turnen ist auch dumm, es führt auch zu nichts. Muß denn eigentlich alles, was ich liebe und bevorzuge, zu nichts führen? Aber horch! Was ist das? Man ruft mich. Ich muß abbrechen.

«Strebst du auch noch aufrichtig, Jakob?» fragte mich die Lehrerin. Es war gegen Abend. Es war irgendwo etwas Rötliches, wie ein Abglanz von einem gewaltigschönen Sonnenuntergang. Wir stunden an meiner Kammertüre. Ich hatte eben eintreten und mich meinen Ahnungen so ein wenig überlassen wollen. «Fräulein Benjamenta», sagte ich, «zweifeln Sie am Ernst und an der Ehrlichkeit meines Strebens? Bin ich ein Schwindler, ein Gaukler in Ihren hochverehrten Augen?» - Ich glaube, ich blickte geradezu tragisch, als ich das sagte. Sie wandte mir ihr schönes Gesicht zu und sagte: «Bewahre, aber bewahre. Du bist ein netter Junge. Heftig bist du, aber du bist mir lieb, recht, anständig und angenehm. Bist du zufrieden? He? Was? Du bringst auch dein Bett immer noch hübsch jeden Morgen in Ordnung? Nicht? Und den Vorschriften allen gehorchst du wohl auch schon längst nicht mehr? Auch nicht? Oder doch? O du bist ein ganz braver Mensch, ich glaube es. Und man kann dich nicht genug mit Lobeserhebungen überschütten. Nicht genug. Ganze Eimer voll schmeichelnder Lobsprüche, denke, ganze

Kübel und Kannen voll. Mit dem Besen muß man sie zusammenwischen, die vielen anerkennenden schönen Worte, die dein Betragen betreffen. Nein, Jakob, jetzt ganz im Ernst, höre. Ich muß dir etwas ins Ohr sagen. Magst du's hören, oder willst du jetzt lieber da hinein in deine Kammer schlüpfen?» – «Sprechen Sie, gnädiges Fräulein. Ich höre», sagte ich voll angstvoller Erwartung. Die Lehrerin schauderte plötzlich jählings zusammen. Sie faßte sich aber rasch und sagte: «Ich gehe, Jakob, ich gehe. Es geht mit mir. Doch ich kann es dir nicht sagen. Vielleicht ein anderes Mal. Ja? Ja, nicht wahr, vielleicht morgen, oder in acht Tagen erst. Es ist dann noch immer Zeit genug, es dir zu sagen. Sage mir, Jakob, hast du mich ein wenig lieb? Bedeute ich deiner Brust, deinem jungen Herzen irgend etwas?» – Sie stand mit wütend zusammengekniffenen Lippen vor mir da. Ich beugte mich schnell auf ihre Hand, die unsagbar wehmütig an ihrem Gewand herabhing, hinunter und küßte sie. Ich war so glücklich, es ihr so sagen zu dürfen, was ich für sie immer empfunden hatte. «Schätzest du mich?» fragte sie mit ganz hoher, nach der Höhe zu schon fast erstickter, gestorbener Stimme. Ich sagte: «Wie können Sie zweifeln? Ich bin unglücklich.» – Aber mich empörte es, daß ich fast weinen mußte. Ich ließ ihre Hand schroff fahren und nahm respektvolle Haltung an. Und sie ging, indem sie mich beinahe bittend anschaute. – Wie hat sich hier im einst so herrischen Institut Benjamenta alles verändert! Es schrumpft alles zusammen, die Übungen der Schneid, die Vorschriften. Lebe ich in einem Toten- oder in einem überirdischen Freuden- und Wonnenhause? Etwas ist los, aber ich fasse es noch nicht.

Ich wagte es, Kraus gegenüber eine Bemerkung über Benjamentas fallen zu lassen. Es mute mich, sagte ich, wie eine Trübung des Glanzes an, den das Institut immer besessen habe. Was das sei? Ob Kraus vielleicht etwas wisse? – Er wurde ärgerlich und sprach: «Mensch, du bist wohl schwanger mit albernen Einbildungen. Was für Ideen. Schaff du. Mach du, dann fällt dir nichts Auffallendes auf. Dieser Schnüffler. Will sich in Meinungen und Ansichten hineinschnüffeln. Geh mir aus den Augen. Ich kann dich bald überhaupt nicht mehr ansehen.» – «Seit wann bist du grob?» sagte ich, doch ich zog es vor, ihn in Ruhe zu lassen. – Im Laufe des Tages hatte ich Gelegenheit, mich mit Fräulein Benjamenta über Kraus zu unterhalten. Sie sagte mir: «Ja, Kraus ist gar nicht wie andere Menschen. Er sitzt da, bis man seiner bedarf, ruft man ihn, dann kommt er in Bewegung und kommt herbeigesprungen. Von solchen Menschen, wie er einer ist, macht man kein Rühmens und Aufhebens. Man rühmt Kraus eigentlich nie, und kaum ist man ihm dankbar. Man verlangt nur von ihm: Tu das, und dann wieder: Tu dies. Und man spürt kaum, daß man, und wie vollkommen, bedient worden ist, so vollkommen ist man bedient worden. Die Person Kraus ist gar nichts, nur der Schaffer, der Ausüber Kraus ist etwas, aber der macht sich gar nicht bemerkbar. Zum Beispiel dich, Jakob, lobt man, es macht einem Freude, dir wohl zu tun. Für Kraus hat man kein Wort, keine Neigung übrig. Du bist ganz liederlich, Jakob, gegenüber Kraus. Doch du bist der Nettere. Anders sage ich es dir nicht, denn das würdest du nicht verstehen. Und Kraus verläßt uns jetzt bald. Das ist ein Verlust, Jakob, o das ist ein Verlust. Wenn kein Kraus mehr da ist, wer ist dann noch da? Du, ja. Das ist ja eigentlich wahr, und du bist mir jetzt böse, nicht wahr? Ja, du bist mir böse, weil ich betrübt bin, daß Kraus weggeht. Bist du eifersüchtig?» – «Nicht doch. Auch ich bedaure lebhaft, daß Kraus uns verläßt», sagte ich. Ich sprach mit Absicht sehr förmlich. Auch mir war es weh zumut geworden, doch ich fand es passend, ein wenig Kälte zu zeigen. Später versuchte ich, mit Kraus ins Gespräch zu kommen, aber er verhielt sich unglaublich ablehnend. Finster saß er am Tisch und sprach zu niemandem ein Wort. Auch er empfindet, daß irgend etwas hier nicht gut geht, er sagt nur nichts, nur sich sagt er es.

Oft habe ich die Empfindung von einer großen innern Niederlage. Dann stelle ich mich mitten in der Stube auf und treibe Unfug, übrigens ganz kindischen Unfug. Ich setze Kraus' Mütze auf meinen Kopf, oder ein volles Glas Wasser usw. Oder Hans ist da. Mit Hans kann man gemeinschaftlich Hüte auf Köpfe hinauflancieren, daß sie oben sitzen und kleben bleiben. Wie verachtet uns Kraus jedesmal dafür. Schacht ist in Stellung gewesen, drei Tage, aber er ist wieder zurückgekehrt, voll Mißmut und allerhand zornigen, schmerzlichen Ausflüchten. Habe ich es nicht früh schon gesagt, daß es Schacht draußen in der Welt übel ergehen wird? Er wird immer in Ämter, Aufgaben und Stellungen hineinzappeln, und es wird ihm nirgends gefallen. Jetzt sagt er, er habe zu schwer arbeiten müssen, und er erzählt von listigen, boshaften, faulen Halb-Vorgesetzten, die es gleich bei seinem Antritt unternommen hätten, ihn mit ungebührlichen Pflichten schalkhaft zu überhäufen und ihn zu Boden zu quälen und zu übervorteilen. Ach, ich glaube das Schacht. Nur zu willig, das heißt ich halte für absolut wahr, was er sagt, denn kränklichen, empfindsamen Leuten gegenüber ist die Welt ja so unbegreiflich roh, gebieterisch, launisch und grausam. Nun, Schacht wird vorläufig wieder hier bleiben. Ein wenig ausgelacht haben wir ihn, als er ankam, das muß auch sein, Schacht ist ein junger Mensch, und er darf schließlich auch nicht der Meinung sein, für ihn gäbe es besondere Stufen, Vorteile, Handhaben und Rücksichten. Er hat jetzt eine erste Enttäuschung erlebt, und ich bin überzeugt, daß er zwanzig Enttäuschungen hintereinander erleben wird. Das Leben mit seinen wilden Gesetzen ist überhaupt für gewisse Personen nur eine Kette von Entmutigungen und schreckenerregenden bösen Eindrücken. Menschen wie Schacht sind zur fortlaufenden, leidenden Abneigung geboren. Er möchte anerkennen und willkommen heißen, aber er kann eben einmal nicht. Das Harte und Mitleidlose tritt ihm zehnfach hart und unmitleidvoll entgegen, er empfindet es eben schärfer. Armer Schacht. Er ist ein Kind, und er sollte in Melodien schwelgen und sich in gütige, weiche, sorgenlose Dinge betten können. Für ihn sollte es heimliches Plätschern und Vogelgezwitscher geben. Ihn sollten blasse zarte Abendhimmelwolken tragen in das Reich: «Ach, wie ist mir?» – Seine Hände taugen zu leichten Gebärden, nicht zur Arbeit. Vor ihm sollten Winde wehen, und hinter ihm sollten süße freundliche Stimmen flüstern. Seine Augen sollten selig geschlossen bleiben dürfen, und Schacht sollte wieder ruhig einschlummern dürfen, wenn er des Morgens in den warmen, lüsternen Kissen erwachte. Für ihn gibt es im Grunde genommen keine ziemliche Tätigkeit, denn jede Beschäftigung ist für ihn, der so aussieht, unziemlich, widernatürlich und unpassend. Ich bin der reine grobknochige Knecht gegen Schacht. Ah, zerschmettert wird er werden, und eines Tages wird er im Krankenhaus verenden, oder er wird, verdorben an Leib und Seele, in einem von unsern modernen Gefängnissen schmachten. Jetzt drückt er sich so in den Ecken der Schulstube herum, schämt sich und zittert vor dem ihm widerwärtigen, unbekannten Zukünftigen. Das Fräulein sieht ihn besorgt an, doch ist sie jetzt vom eigentümlichen Eigenen viel zu sehr in Anspruch genommen, als daß sie sich sehr um Schacht bekümmern könnte. Übrigens könnte sie ihm nicht helfen. Ein Gott müßte und könnte das vielleicht tun, doch es gibt keine Götter, nur einen Einzigen, und der ist zu erhaben zur Hilfe. Zu helfen und zu erleichtern, das würde dem Allmächtigen gar nicht ziemen, so fühle ich wenigstens.

Fräulein Benjamenta spricht nun jeden Tag ein paar Worte mit mir, sei es in der Küche, sei's in der manchmal ganz stillen und vereinsamten Schulstube. Kraus tut, als wenn er noch ein Jahrzehnt gewärtigte, hier im Institut zu verbleiben. Er lernt seine Lektionen trocken und unverdrossen, ja doch, eigentlich verdrossen, aber verdrossen hat er ja immer ausgesehen, das will nichts zu bedeuten haben. Dieser Mensch ist keiner Voreiligkeit, keiner Ungeduld fähig. «Abwarten», so steht es ihm auf der ruhigen Stirn beinahe hoheitsvoll geschrieben. Ja, Fräulein sagte das auch schon einmal, sie sagte, Kraus besitze Hoheit, und das ist wahr, die Unscheinbarkeit seines Wesens hat etwas Unsichtbar-Herrscherartiges. Zu meinem Fräulein wagte ich gestern zu sagen: «Wenn ich Ihnen nur ein einziges, nur ein verschwindend kleines einziges Mal selbstbewußter gegenübergetreten bin, als ganz befangen von Gefühlen und Fesseln der lautersten Ehrfurcht, so will ich mich hassen, verfolgen, an Stricken aufhängen, mit Giften tötendster Art vergiften, mit Messern, gleichviel was für welchen, mir den Hals abschneiden. Nein, es ist ganz unmöglich, Fräulein. Ich konnte Sie nie verletzen. Schon Ihre Augen. Wie sind sie mir immer der Befehl und das unantastbare schöne Gebot gewesen. Nein, nein, ich lüge nicht. Ihr Erscheinen an der Türe! Ich habe hier nie einen Himmel nötig gehabt, nie Mond, Sonne und Sterne. Sie, ja Sie sind mir die höhere Erscheinung gewesen. Ich rede wahr, Fräulein, und ich muß annehmen, daß Sie empfinden, wie fern von aller, aller Schmeichelei diese Worte sind. Ich hasse alles zukünftige Wohlergehen, ich verabscheue das Leben. Ja, ja. Und doch muß ich bald auch, wie Kraus, austreten, ins hassenswerte Leben hinaus. Sie sind mir die körperliche Gesundheit gewesen. Habe ich in einem Buch gelesen, so waren Sie es, nicht das Buch, Sie waren das Buch. Doch, doch. Oft habe ich mich unartig benommen. Ein paarmal mußten Sie mich vor dem Hochmut, der mich fressen und unter Trümmern unschicklicher Einbildungen begraben wollte, warnen. Wie sank er da, wie blitzschnell. Wie habe ich dem gelauscht, was das Fräulein Benjamenta sprach. Sie lächeln? Ja, das Lächeln, es ist mir immer ein Antrieb zum Guten, Tapfern und Wahren gewesen. Wie sind Sie stets gut zu mir gewesen. Viel, viel zu gut zu mir Trotzkopf. Und an Ihrem Anblick herunter stürzten meine vielen Fehler, um Verzeihung flehend, herunter, zu Ihren Füßen. Nein, ich mag nicht in das Leben, nicht in die Welt hinaustreten. Ich verachte alles Zukünftige.

Wenn Sie in die Stube eintraten, war ich froh, dann schalt ich mich stets einen Dummkopf. Oft habe ich Sie, denken Sie sich, ja, ich muß es gestehen, im geheimen der Würde und der Größe berauben wollen, aber ich fand in all meinem zusammengepeitschten Geist kein Wort, nicht ein einziges kleines Wort der Schmähung und Schmälerung dessen, was ich ein wenig verletzen wollte. Und die Strafe war jedesmal meine Reue und Unruhe. Ja, immer, Fräulein, immer habe ich Sie verehren müssen. Sind Sie ungehalten, daß ich so spreche? Ich, ich bin froh, daß ich so spreche.» – Sie schaute mich blinzelnd an und lächelte. Sie spottete ein wenig, war aber doch ganz zufrieden. Außerdem, das merkte ich, war sie in Gedanken mit etwas Fernabliegendem beschäftigt. Sie war wie geistesabwesend, und daher, einzig daher habe ich ja auch nur so zu sprechen gewagt. Ich werde mich hüten, es wieder zu tun.

Es geht mich ja gar nichts an, gewiß, aber es fällt mir auf, daß keine neuen Schüler ins Institut eintreten. Sollte der Ruf, den Herr Benjamenta in der Umwelt als Erzieher genießt oder genossen hat, im Abnehmen oder gar im Verschwinden sein? Das wäre traurig. Doch vielleicht ist das alles nur meine überreizte Empfindung. Ich bin hier ein wenig nervös geworden, wenn man eine gewisse Spannung und zugleich Mattigkeit der Beobachtungskräfte so nennen darf. Es ist hier alles so zart, und man steht wie in der bloßen Luft, nicht wie auf festem Boden. Und dann dieses immerwährende Gefaßt- und Bewußtsein, auch das macht es vielleicht aus. Leicht möglich. Man wartet hier immer auf etwas, nun, das schwächt doch schließlich. Und wieder verbietet man sich streng das Horchen und Warten, weil das unzulässig ist. Nun, auch das nimmt Kräfte in Anspruch. Oft steht das Fräulein am Fenster und sieht lange hinaus, als lebe sie schon anderswo. Ja, das ist es, das nicht ganz Gesunde und Natürliche, was hier webt: wir alle, Herrschaft sowohl wie Elevenschaft, wir leben beinahe schon anderswo. Es ist, als wenn wir nur noch vorübergehend hier atmeten, äßen, schliefen und wach stünden und Unterricht erteilten und genössen. Etwas wie treibende, schonungslose Energie schlägt hier rauschend die Flügel zusammen. Horchen wir alle hier auf das Spätere? auf irgend welches Nachherige? Auch möglich. Und was dann, wenn wir jetzigen Zöglinge alle ausgetreten sind und doch keine neuen mehr kommen? Was dann? Sind dann Benjamentas arm und verlassen? Wenn ich mir das ausmale, werde ich krank, einfach krank. Nein, niemals, niemals. Das, das wird nicht sein dürfen. Und doch wird es sein müssen. Sein müssen?

Rüstig sein heißt, sich nicht lange besinnen, sondern rasch und ruhig hineingehen in das, was erfüllt werden soll. Naß werden von den Regengüssen des Bemühens, hart und stark werden an den Stößen und Reibungen dessen, was die Notwendigkeit fordert. Ich hasse solche klugen Redensarten. Ich wollte an etwas ganz anderes denken. Aha, ich habe es, es betrifft Herrn Benjamenta. Ich war wieder bei ihm im Bureau. Ich necke ihn immer wegen der zu erlangenden, baldigen Anstellung. So fragte ich ihn auch diesmal wieder, wie's denn jetzt sei, ob ich gewärtigen dürfe usw.? Er wollte wütend werden. O, er will auch jetzt immer noch wütend werden, und ich bin stets sehr kühn, wenn ich ihn reize. Ganz laut, barsch und unverschämt fragte ich. Der Vorsteher wurde ganz verlegen, er fing sogar an, sich hinter den großen Ohren zu reiben. Er hat natürlich nicht das, was man große Ohren zu nennen pflegt, seine Ohren sind verhältnismäßig durchaus nicht zu groß, nur ist eben alles groß an dem Mann, folglich auch seine Ohren. Schließlich trat er auf mich zu, lachte mich merkwürdig gutmütig an und sprach: «In die Arbeit hinaus willst du treten, Jakob? Ich aber sage dir, bleib du lieber noch. Hier ist es doch für dich und deinesgleichen ganz schön. Oder nicht? Zögere du noch ein wenig. Ich möchte dir sogar anraten, ein wenig schlendrianisch, vergeßlich und gedankenträge zu werden. Denn siehst du, das, was man Untugenden nennt, das spielt im Dasein des Menschen eine so große Rolle, das ist so wichtig, fast möchte ich sagen, notwendig. Wenn Untugenden und Fehler nicht wären, es würde der Welt an Wärme, Reiz und Reichtum fehlen. Die Hälfte der Welt, und vielleicht die im Grunde schönere, würde mit den Lässigkeiten und Schwächen dahinsterben. Nein, sei du träge. Nun, nun, versteh mich bitte recht, sei so, wie du bist und hier wurdest, aber spiele, bitte, ein wenig den Saumseligen. Willst du? Sagst du ja? Mich würde es freuen, dich ein wenig den Träumereien verfallen zu sehen. Hänge den Kopf, sei voll Gedanken, blicke betrübt, nicht wahr? Denn du bist mir fast ein wenig zu voll von Willen, zu voll von Charakter. Und stolz bist du, Jakob! Was denkst du dir eigentlich? Meinst du, in der offenen Welt Großes erreichen, erringen zu können? Zu müssen? Hast du ernstliche Absichten auf etwas Bedeutungsvolles? Fast machst du mir – leider – diesen etwas gewaltsamen Eindruck. Oder dann willst du vielleicht, vielleicht wie zum Trotz, ganz klein bleiben? Auch das mute ich dir zu. Du bist ein bißchen zu festlich, zu heftig, zu triumphatorisch aufgelegt. Doch das alles ist ja so gleichgültig, du bleibst noch, Jakob. Dir gebe ich keine Stelle, dir verschaffe ich noch lange nichts derartiges. Weißt du, mich verlangt, dich noch zu haben. Kaum besitze ich dich Burschen, so willst du fortrennen? Das gibt es nicht. Langweile dich hier im Institut so gut als du eben kannst. O, kleiner Welteroberer, in der Welt, draußen in der Welt erst, im Beruf, im Streben, im Erringen, da, da werden dir Meere von Langeweile, Öde und Vereinsamung entgegengähnen. Bleib du hier. Sehne du dich noch ein Weilchen. Du glaubst ja gar nicht, welch eine Seligkeit, welch eine Größe im Sehnen, also im Warten, liegt. Also warte. Laß es dich immerhin innerlich drängen. Aber nicht zu sehr. Höre, mich würde dein Weggehen schmerzen, es würde mir eine Wunde, eine ganz unheilbare, beibringen, es würde mich fast töten. Töten? Ich muß dich bitten, mich auszulachen, aber fest. Lach mich ganz unverschämt aus, Jakob. Ich erlaube es dir. Doch, sage du, was habe jetzt eigentlich ich dir zukünftig noch zu gestatten und zu verbieten? Ich, der ich dich soeben davon überzeugt habe, daß ich fast, fast abhängig von dir bin? Mich schaudert's, mich empört und beglückt es zu gleicher Zeit, Jakob, was ich da angestellt habe. Doch ich liebe zum erstenmal einen Menschen. Doch das fassest du nicht. Geh. Marsch. Mach, daß du hinauskommst. Ungezogener, wisse, daß ich noch strafen kann. Fürchte dich.» – Nun, da hatte ich es, er war eben mit einmal wieder wütend geworden. Rasch verschwand ich aus seinen finster mich durchbohrenden Augen. Das sind

Augen, das! Die des Herrn Vorstehers. Ich muß hier bemerken, daß ich im Verduften aus einem Lokal eine un-
glaubliche Fertigkeit besitze. Ich bin förmlich zum Kontor hinausgeflogen, nein, hinausgepfiffen, wie Wind
pfeift, als der Herr mir sagte: «Fürchte dich.» O ja, man
muß sich schon zuweilen vor ihm fürchten. Ich würde es
unanständig finden, wenn ich keine Furcht kennte, denn
dann hätte ich ja auch gar keinen Mut, der doch nichts
anderes ist als das Furchtüberwindende. Wieder horchte
ich draußen im Korridor am Schlüsselloch, und wieder
blieb es ganz still. Ich streckte sogar ganz läppisch und echt
zöglinghaft die Zunge heraus, und dann mußte ich lachen.
Ich glaube, ich habe noch nie so gelacht. Natürlich ganz
leise. Es war das denkbar echteste unterdrückte Gelächter.
Wenn ich so lache, nun, dann steht nichts mehr über mir.
Dann bin ich etwas an Umfassen und Beherrschen nicht
zu Überbietendes. Ich bin in solchen Momenten einfach
groß.

Ja, so ist es: noch bin ich im Institut Benjamenta, noch
habe ich die hier geltenden Satzungen zu fürchten, noch
wird Unterricht erteilt, Fragen werden gestellt und be-
antwortet, noch fliegen wir alle auf Kommando, noch
immer klopft morgens früh Kraus mit seinem ärgerlichen
«Steh auf, Jakob» und mit seinem zornig gebogenen
Finger an meine Kammertüre, noch sagen wir Zöglinge:
«Guten Tag, Fräulein», wenn sie erscheint, und: «Gute
Nacht», wenn sie abends sich zurückzieht. Wir stecken
noch immer in den eisernen Klauen der zahlreichen Vorschriften und ergehen uns immer noch in lehrhaften, eintönigen Wiederholungen. Ich bin übrigens jetzt endlich
in den wirklichen innern Gemächern gewesen, und ich

muß sagen, es existieren gar keine. Zwei Zimmer sind da, aber diese beiden Räume sehen nach nichts Gemach-artigem aus. Sie sind möbliert wie die Sparsamkeit und Gewöhnlichkeit selber, und sie enthalten durchaus nichts Geheimnisvolles. Seltsam. Wie bin ich nur auf die wahn-sinnige Idee gekommen, daß Benjamentas in Gemächern wohnen? Oder träumte ich, und habe ich jetzt aus-geträumt? Es sind allerdings Goldfische da, und Kraus und ich müssen das Bassin, in welchem diese Tiere schwimmen und leben, regelmäßig entleeren, säubern und mit frischem Wasser auffüllen. Ist das aber etwas nur entfernt Zauberhaftes? Goldfische können in jeder preu-ßischen mittleren Beamtenfamilie vorkommen, und an Beamtenfamilien klebt nichts Unverständliches und Ab-sonderliches. Wunderbar! Und ich habe so felsenfest an die innern Gemächer geglaubt. Ich dachte, es müsse da hinter der Türe, durch welche das Fräulein stets aus- und eingeht, von schloßartigen Zimmern und Gelassen wim-meln. Zierlich gewundene Wendeltreppen und breite steinerne, teppichbelegte andere Treppen sah ich im Geist hinter der einfachen Türe. Auch eine uralte Bibliothek war vorhanden, und Korridore, lange heitere, matten-bedeckte Korridore zogen sich in meiner Phantasie von einem Ende des «Gebäudes» zum andern. Ich kann mit all meinen Ideen und Dummheiten bald eine Aktiengesell-schaft zur Verbreitung von schönen, aber unzuverlässi-gen Einbildungen gründen. Kapital, scheint mir, ist genug da, an Fonds wird es nicht fehlen, und Abnehmer solcher Papiere kommen überall vor, wo der Gedanke und Glaube ans Schöne noch nicht ganz ausgestorben ist. Was stellte ich mir nicht alles vor! Einen Park natürlich. Ohne Park kann ich doch gar nicht existieren. Ebenso eine Kapelle, aber merkwürdigerweise keine romantisch-ruinenhafte, sondern eine sauber renovierte, ein kleines protestantisches Gotteshaus. Der Pfarrer saß am Frühstückstisch. Und was noch alles. Man dinierte, man veranstaltete Jagden. Man tanzte abends im Rittersaal, an dessen hohen dunkelhölzernen Wänden die Bilder der Ahnen des Geschlechtes hingen. Was für eines Geschlechtes? Ich stammle das, denn in der Tat, ich kann es nicht sagen. Nun, ich bereue tief, derart geträumt und gedichtet zu haben. Schnee fliegen sah ich auch, nämlich in den Schloßhof. Es waren nasse, große Schneeflocken, und es war morgens früh, immer war es dunkle, winterliche Frühe. Ach, und etwas ganz Schönes, eine Halle, ja, eine Halle sah ich. Reizend! Drei edle vornehme Greisinnen saßen beim kichernden, knisternden Kaminfeuer. Sie häkelten. Welch eine Phantasie, nicht weiter zu sehen als bis dort, wo gestrickt und gehäkelt wird. Aber mich berauschte eben gerade das. Wenn ich Feinde hätte, würden sie sagen, das sei krankhaft, und sie würden Grund zu haben glauben, mich zu verabscheuen samt der lieben traulichen Häkelei. Dann gab es wieder ein wunderbares Nachtessen, wobei Kerzen von silbernen Leuchtern herabstrahlten. Die Tafelfreude glitzerte, blendete und plauderte. Ich stellte mir das wahrhaft schön vor. Und Frauen, was für Frauen. Die eine sah einer veritablen Prinzessin ähnlich, und sie war es auch. Ein Engländer war auch da. Wie die weiblichen Kleider rauschten, wie die Brüste, die nackten, auf und nieder wogten! Das Eßzimmer war von Parfüms wie von schlangenhaften Linien durchzogen. Die Pracht vereinigte sich mit der Sittsamkeit, der gute Ton mit dem Genuß, die Freude mit der Feinheit, und an der Eleganz hing der Adel der Geburt. Dann schwamm das wieder, und es kam anderes, Neues. Ja, die inneren Gemächer, sie lebten, und jetzt sind sie mir quasi gestohlen worden. Die karge Wirklichkeit: was ist sie doch manchmal für ein Gauner. Sie stiehlt Dinge, mit denen sie nachher nichts anzufangen weiß. Es macht ihr eben einmal, wie es scheint, Spaß, Wehmut zu verbreiten. Wehmut ist mir allerdings wieder sehr lieb, schätzens-, sehr schätzenswert. Sie bildet.

Heinrich und Schilinski sind ausgetreten. Hand geschüttelt und adieu gesagt. Und fort. Sehr wahrscheinlich auf Niewiedersehen. Wie kurz die Abschiede sind. Man will etwas sagen, hat aber gerade das Passende vergessen, und so sagt man nichts oder irgendeine Dummheit. Abschiednehmen und -geben ist greulich. In solchen Momenten rüttelt es am Menschenleben, und man fühlt lebhaft, wie nichts man ist. Rasche Abschiede sind unliebevoll, und lange sind unerträglich. Was tut man? Nun, man sagt dann eben etwas Einfältiges. – Fräulein Benjamenta sagte mir etwas sehr Sonderbares. «Jakob», sagte sie, «ich sterbe. Erschrick nicht. Laß mich zu dir ganz ruhig reden. Sag, warum bist du nur so mein Vertrauter geworden? Ich habe dich gleich von Anfang an, als du hier eintratest, für nett gehalten, für zart. Bitte, mach keine falsch-aufrichtigen Einwendungen. Du bist eitel. Bist du eitel? Höre, ja, es geht zu Ende mit mir. Kannst du schweigen? Du mußt nämlich schweigen über das, was du jetzt erfährst. Vor allen Dingen darf dein Herr Vorsteher, mein Bruder, nichts wissen, präge dir das fest ein. Doch ich bin vollkommen ruhig, und du bist es auch, ich sehe es, und du wirst Wort halten und deinen

Mund halten können, ich weiß es. Es nagt an mir, und ich sinke in etwas hinein, und ich weiß, was das ist. Das ist so traurig, mein lieber junger Freund, so traurig. Ich mute dir Stärke zu, nicht wahr, Jakob? Aber ich weiß es ja grad, daß du stark bist. Du hast Herz. Kraus würde mich nicht zu Ende anhören können. Ich finde es so hübsch, daß du nicht weinst. O es würde mich widerlich berühren, wenn jetzt schon, jetzt schon deine Augen feucht würden. Das alles hat noch Zeit. Und du horchst so schön. Du hörst meine elende Geschichte an wie etwas Kleines, Feines und Gewöhnliches, wie etwas, das einfach nur Aufmerksamkeit heischt, weiter nichts, und so horchst du. Du kannst dich ganz riesig gut benehmen, wenn du dir recht Mühe gibst. Freilich, hochmütig bist du ja, das kennen wir, nicht wahr? Still, keinen Ton jetzt. Ja, Jakob, der Tod (o was für ein Wort) steht dicht hinter mir. Sieh, so, wie ich jetzt dich anatme, so atmet er mir von hinten seinen kalten scheußlichen Atem an, und ich sinke, sinke vor diesem Atem. Die Brust preßt es mir ab. Habe ich dich traurig gemacht? Sprich. Ist das traurig für dich? Ein wenig, nicht wahr. Doch du mußt das alles jetzt noch vergessen, hast du gehört? Vergessen! Ich komme wieder zu dir, so wie heute, und dann sage ich dir, wie es mir geht. Nicht wahr, du wirst es zu vergessen suchen. Doch komm her. Laß mich dir die Stirne berühren. Du bist brav.» – Sie zog mich ganz leicht an sich und drückte mir so etwas wie Hauch auf die Stirne. Von Berühren, wie sie sagte, war gar keine Rede. Dann entfernte sie sich still und überließ mich meinen Gedanken. Gedanken? I wo. Ich dachte wieder einmal daran, daß mir Geld mangle. Das war mein Gedanke. So bin ich, so roh und so gedankenlos. Und dann ist die Sache ja die: herzliche Erschütterungen senken etwas wie Eiseskälte in meine Seele hinein. Unmittelbar zur Trauer veranlaßt, entschlüpft mir die Trauer-Empfindung vollständig. Ich lüge nicht gern. Überhaupt mir gegenüber lügen: was hätte das für einen Sinn? Ich lüge woanders, aber nicht hier, vor mir selber. Nein, weiß der Kuckuck, da lebe ich, und Fräulein Benjamenta sagt so etwas Entsetzliches, und ich, der ich sie anbete, weiß nichts von Tränen? Ich bin gemein, das ist es. Doch halt. Zu sehr heruntermachen will ich mich auch nicht. Ich bin stutzig, und deshalb – –. Lügen sind das, lauter Lügen. Ich habe das ja alles eigentlich gewußt. Gewußt? Das ist wieder eine Lüge. Es ist mir nicht möglich, mir die Wahrheit zu sagen. Jedenfalls gehorche ich Fräulein und schweige über diese Geschichte. Ihr gehorchen dürfen! So lange ich ihr gehorche, ist sie am Leben. –

Angenommen, ich wäre Soldat (und ich bin meiner Natur nach ein ausgezeichneter Soldat), gemeiner Fuß-soldat, und ich diente unter Napoleons Fahnen, so marschierte ich eines Tages ab nach Rußland. Mit meinen Kameraden stünde ich gut, denn das Elend, die Entbehrungen und die vielen gemeinsam begangenen rohen Taten verbänden uns wie zu etwas zusammenhängend Eisernem. Grimmig würden wir vor uns herstarren. Ja, der Grimm, der unbewußte, stumpfe Zorn, der verbände uns. Und wir marschierten, immer das Gewehr umgehängt. In den Städten, durch die wir zögen, würde uns eine müßige, schlaffe, durch den Tritt unserer Füße entmoralisierte Menschenmenge begaffen. Aber dann würde es keine Städte mehr geben, oder nur noch ganz selten, sondern unabsehbare Länderstrecken würden sich vor unsern Augen und Beinen nach dem dünnen Horizont hinschleichen. Das Land kröche und schliche förmlich. Und nun würde der Schnee kommen und uns einschneien, aber immer würden wir weitermarschieren. Die Beine, das wäre jetzt alles. Stundenlang würde mein Blick zur nassen Erde gesenkt sein. Ich würde Muße haben zur Reue, zu endlosen Selbstanklagen. Doch immer würde ich Schritt halten, Beine hin und her werfen und vorwärtsmarschieren. Übrigens gliche unser Marschieren jetzt mehr einem Trotten. Hin und wieder erschiene in weiter, weiter Ferne ein äffender Höhenzug, dünn wie die Kante eines Taschenmessers, eine Art Wald. Und da würden wir wissen, daß jenseits dieses Waldes, an dessen Rand wir nach vielen Stunden anlangten, sich weitere endlose Ebenen ausdehnten. Von Zeit zu Zeit fielen Schüsse. Bei diesen vereinzelten Tönen würden wir uns an das erinnern, was käme, an die Schlacht, die da eines Tages geschlagen werden würde. Und wir marschierten. Die Offiziere würden mit traurigen Mienen umherreiten, Adjutanten peitschten ihre Rosse, wie gejagt von ahnungsvollem Entsetzen, am Zug vorüber. Man würde an den Kaiser, an den Feldherrn denken, nur ganz dunkel, aber immerhin, man würde ihn sich vorstellen, und das gewährte Trost. Und immer weiter marschierte man. Zahllose kleine, aber furchtbare Unterbrechungen hemmten für kurze Zeiten den Marsch. Doch das würde man kaum merken, sondern marschierte weiter. Dann kämen mir die Erinnerungen, nicht deutliche, und doch überdeutliche. Sie würden mir am Herzen fressen wie Raubtiere an der willkommenen Beute, sie würden mich ins Heimatlich-Trauliche versetzen, an den goldenen, von zarten Nebeln bekränzten, rundlichen Rebhügel. Ich würde Kuhglocken schallen und ans Gemüt schlagen hören. Ein liebkosender Himmel böge sich wasserfarbig und tonreich über mir. Der Schmerz würde mich beinahe verrückt machen, doch ich marschierte weiter. Meine Kameraden zur linken und zur rechten Hand, der Vorder- und der Hintermann, das bedeutete alles. Das Bein würde arbeiten wie eine alte, aber immer noch gefügige Maschine. Brennende Dörfer würden den Augen ein täglich wiederholter, schon ganz uninteressanter Anblick sein, und über Grausamkeiten unmenschlicher Art würde man sich nicht wundern. Da fiele eines Abends, in der immer bitterer werdenden Kälte, mein Kamerad, er könnte ja Tscharner heißen, zu Boden. Ich würde ihm aufhelfen wollen, aber: «Liegen lassen!» würde der Offizier befehlen. Und man marschierte weiter. Dann, eines Mittags, sähen wir unsern Kaiser, sein Gesicht. Doch er würde lächeln, er würde uns bezaubern. Ja, diesem Menschen fiele es nicht ein, seine Soldaten durch eine düstere Miene zu entnerven und zu entmutigen. Siegesgewiß, zum voraus schon zukünftige Schlachten gewonnen, marschierten wir in dem Schnee weiter. Und dann, nach endlosen Märschen, würde es endlich zum Schlagen kommen, und es ist möglich, daß ich am Leben bliebe und wieder weitermarschierte. «Jetzt geht es nach Moskau, du!» würde einer in unserer Reihe sagen. Ich verzichtete aus ich weiß nicht was für Gründen darauf, ihm zu antworten. Ich wäre nur noch der kleine Bestandteil an der Maschine einer großen Unternehmung, kein Mensch mehr. Ich wüßte nichts mehr von Eltern, nichts von Verwandten, Liedern, persönlichen Qualen oder Hoffnungen, nichts vom heimatlichen Sinn und Zauber mehr. Die soldatische Zucht und Geduld würde mich zu

einem festen, undurchdringlichen, fast ganz inhaltlosen
Körper-Klumpen gemacht haben. Und so ginge es weiter, nach Moskau zu. Ich würde das Leben nicht ver-
fluchen, dazu wäre es längst zu fluchwürdig geworden,
kein Weh mehr empfinden, das Weh mit all seinen jähen
Zuckungen würde ich längst ausempfunden und fertig-
empfunden haben. Das ungefähr, glaube ich, hieße Soldat
unter Napoleon sein.

«Du bist mir ein Rechter, du!» sagte Kraus zu mir,
eigentlich ganz ungerechtfertigt, «du gehörst zu denen,
die sich, so wertlos sie sein mögen, über gute Lehren er-
haben`vorkommen wollen. Ich weiß es schon, schweig
nur. Du willst in mir einen sauren Pädagogen und Recht-
haber erblickt haben. Geh mir. Und was fühlst du denn,
du und deinesgleichen, Prahlhanse, was ihr seid, was
ernst-sein und achtsam-sein eigentlich sagen will? Du
bildest dir auf deine springerische und tänzerische Leicht-
fertigkeit ganz gewiß, und mit ohne Zweifel ebenso viel
Recht, nicht wahr, Königreiche ein? Du Tänzer, o ich
durchschaue dich. Immer lachen über das Richtige und
Ziemliche, das kannst du, das verstehst du vortrefflich,
ja, ja, darin seid ihr, du und deine Stammesbrüder,
Meister. Aber gebt acht, gebt acht. Euch zuliebe sind die
Ungewitter, Blitz und Donner und Schicksalsschläge,
gewiß noch nicht abgeschafft worden. Wegen eurer
Grazie, ihr Künstler, was ihr doch seid, bieten sich dem
Schaffenden, überhaupt Lebendigen, gewiß nicht plötzlich weniger Schwierigkeiten. Lerne du auswendig, das,
was dir als Lektion vorschweben sollte, statt mir zeigen
zu wollen, daß du auf mich herablachen kannst. Ist das

ein Herrchen! Es will mir dartun, daß es sich brüsten kann, wenn es ihm paßt. Laß dir sagen, daß Kraus solche armseligen Schauspielereien einfach verachtet. Mach etwas! Man kann dir das nicht dutzendmal genug auf die hochmütige Nase binden. Weißt du was, Jakob, Herr des Daseins: laß mich in Ruhe. Ziehe auf Eroberungen. Ich bin überzeugt, es fallen dir welche vor die Füße, und du wirst sie nur aufzulesen brauchen. Alles schmeichelt euch ja, alles kommt euch entgegen, euch Besenbinder. Was? Du hast die Hände noch in der Tasche? Zwar, ich begreife es. Wem gebratene Tauben in den Mund fliegen, warum sollte der sich noch je überhaupt Mühe geben, so auszusehen wie einer, auf den eine Tat, eine Arbeit, eine händefordernde Anstrengung hinzutreten könnte? Bitte, gähne noch ein wenig. Es macht sich dann besser. So siehst du zu gefaßt, zu beherrscht, zu bescheiden aus. Oder willst du mir ein paar Vorschriften erteilen? Tu's nur. Ich bin sehr gespannt. Ach, mach daß du wegkommst. An deiner albernen Gegenwart werde ich sonst noch ganz und gar an mir selbst irre, du altes – – – ich hätte jetzt doch bald mal etwas gesagt. Verleitet einen zu sündhaften Ausdrücken, der Ärgerniserreger, was er ist. Mach dich unsichtbar oder beschäftige dich mit etwas. Und allen Anstand verlierst du auch, ja du, vor Vorstehers. Ich hab's schon gesehen. Aber wozu rede ich mit einem Lachbenzen? Gestehe, daß du ganz nett wärest, wenn du kein Narr wärst. Wenn du mir das gestehst, will ich dir um den Hals fallen.» – «O Kraus, liebster aller Menschen», sagte ich, «du höhnst, du spottest? Kann das Kraus? Ist das möglich?» – Ich lachte hell auf und schlenderte in meine Kammer. Bald ist hier im Institut Benjamenta alles überhaupt nur noch ein Schlendern. Es sieht hier aus, als wenn so etwas wie «die Tage gezählt» wären. Aber man irrt sich. Vielleicht irrt sich auch Fräulein Benjamenta. Vielleicht auch Herr Vorsteher. Wir irren uns vielleicht alle.

Ich bin jetzt ein Krösus. Zwar, was das schätzenswerte Geld anbetrifft – – still, nicht von Geldern reden. Ich führe ein sonderbares Doppelleben, ein geregeltes und ein ungeregeltes, ein kontrolliertes und ein unkontrollierbares, ein einfaches und ein höchst kompliziertes. Was will Herr Benjamenta sagen, wenn er bekennt, noch nie einen Menschen geliebt zu haben? Was hat es zu bedeuten, daß er mir, seinem Eleven und Sklaven, das sagt? Nun ja, Eleven sind Sklaven, junge, den Zweigen und Stämmen entrissene, dem unbarmherzigen Sturmwind überlieferte, übrigens schon ein wenig gelbliche Blätter. Ist Herr Benjamenta ein Sturmwind? Sehr wohl denkbar, denn ich habe ja schon oft Gelegenheit gehabt, das Brausen und Zürnen und dunkle Sichentladen dieses Sturmwindes zu spüren. Und dann ist er ja so allmächtig, und ich Zögling, wie winzig bin ich. Still, nicht von Allmacht reden. Man irrt sich stets, wenn man große Worte in den Mund nimmt. Herr Benjamenta ist der Erschütterung und Schwäche so fähig, so sehr fähig, daß es beinahe zum Lachen, vielleicht sogar zum Grinsen ist. Ich glaube, alles, alles ist schwach, alles muß wie Würmer zittern. Nun ja, und diese Erleuchtung, diese Gewißheit macht mich zum Krösus, das heißt zum Kraus. Kraus liebt und haßt nichts, daher ist er ein Krösus, es grenzt etwas in ihm ans Unanfechtbare. Wie ein Felsen ist er, und das Leben, die stürmische Welle, zerspritzt sich an seinen Tugenden.

Seine Natur, sein Wesen ist ganz voll behangen von Tugenden. Man kann ihn kaum lieben, von hassen schon gar keine Rede. Das Hübsche, Anziehende mag man gern, und daher ist auch das Schöne und Hübsche der Gefahr des Gefressenwerdens oder Mißbrauchtwerdens in so hohem Maße ausgesetzt. An Kraus heran wagen sich keine verzehrenden, fressenden Lebens-Zärtlichkeiten. Wie verloren eigentlich, aber doch, wie fest, wie unnahbar steht er da. Wie ein Halbgott. Doch das versteht niemand, und auch ich – – – manchmal rede und denke ich geradezu über den eigenen Verstand. Ich hätte daher vielleicht Pfarrer, Anführer einer religiösen Sekte oder Strömung werden sollen. Nun, das kann ich ja noch. Ich kann noch alles Mögliche aus mir machen. Aber Benjamenta? – Ich weiß es genau, er wird mir jetzt bald einmal seine Lebensgeschichte erzählen. Es wird ihn drängen zu Offenheiten, zu Erzählungen. Sehr wahrscheinlich. Und merkwürdig: manchmal ist mir, als wenn ich mich von diesem Mann, diesem Riesen, nie trennen sollte, nie mehr, als ob wir beide in Eines verschmolzen wären. Aber man irrt sich ja immer. Gefaßt, einigermaßen gefaßt sein, das will ich. Auch nicht zu sehr, nein. Zu sehr gefaßt sein hieße zu frech sein. Wozu Bedeutsames im Leben gewärtigen? Muß das sein? Ich bin ja etwas so Kleines. Daran, daran halte ich ungebunden fest, daran, daß ich klein, klein und nichtswürdig bin. Und Fräulein Benjamenta? Wird sie wirklich sterben? An das wage ich nicht zu denken, und ich darf auch nicht. Ein höheres Empfinden verbietet es mir. Nein, ich bin kein Krösus. Und was das Doppelleben betrifft, so führt jedermann eigentlich ein solches. Wozu sich da brüsten? Ach, all diese Gedanken, all dieses sonderbare Sehnen, dieses

Suchen, dieses Hände-Ausstrecken nach einer Bedeutung. Mag es träumen, mag es schlafen. Ich lasse es einfach nun kommen. Mag es kommen.

Ich schreibe in fliegender Hast. Ich bebe am ganzen Körper. Es flackert vor meinen Augen wie auf und ab tanzende Irrlichter. Etwas Furchtbares ist geschehen, scheint geschehen, kaum bin ich meiner selber und dessen bewußt, was vorfiel. Herr Benjamenta hat einen Anfall gehabt und hat mich – erwürgen wollen. Ist das wahr? O weh, alle meine Gedankenkräfte schwinden, und ich kann mir nicht sagen, ob alles das wahr ist, was da vorging. Aber ich merke an der Zerrüttung, die mich beherrscht, daß es wahr ist. Der Vorsteher kam in eine unbeschreibliche Wut hinein. Er glich einem Simson, jenem Mann aus der Geschichte Palästinas, der an den Säulen eines hohen, menschenerfüllten Hauses rüttelte, bis der festliche, lüsterne Palast, bis der steinerne Triumph, bis die Bosheit zusammenstürzte. Zwar hier, das heißt vor kaum einer Stunde, war ja durchaus keine Bosheit, keine Niedertracht umzuwerfen, und Säulen und Pfeiler gab es ebenfalls keine, aber es sah doch so aus, genau so, und ich geriet in eine nie vorher gekannte, hasenartige, schreckliche Angst hinein. Ja, ein Hase war ich, und in der Tat, ich hatte auch Ursache zur hasenartigen Flucht, sonst wäre es mir sicher elend ergangen. Ich entschlüpfte mit, ich kann es nicht anders sagen, wunderbarer Behendigkeit seinen zusammenschnürenden Fäusten, und ich glaube, ich habe ihn, den großen Herrn Benjamenta, den Riesen Goliath, sogar in den Finger gebissen. Vielleicht rettete der rasche, energische Biß mir das Leben, denn es ist leicht möglich, daß der Schmerz, den die Wunde ihm beibrachte, ihn plötzlich wieder an Art und Weise, an Vernunft und Menschlichkeit erinnerte, derart, daß ich einer groben Verletzung des zöglinghaften Anstandes möglicherweise das Leben zu verdanken habe. Gewiß, die Gefahr, erdrückt zu werden, lag nahe, aber, wie ist das alles gekommen, wie war das alles möglich? Gleich einem Rasenden hat er sich auf mich gestürzt. Geworfen hat er sich mit seinem mächtigen Körper auf mich wie ein dunkles Stück verrückt gewordenen Jähzornes; wie eine Meerwelle kam es auf mich zu, um mich zu zerschmettern an den harten Wasserwänden. Ich fable da von Wasser. Das ist Unsinn, gewiß, aber ich bin eben noch ganz benommen, ganz verwirrt und erschüttert. «Was machen Sie da, verehrter, lieber Herr Vorsteher? He?» schrie ich aus und rannte wie besessen zur Bureautüre hinaus. Und da horchte ich wieder. So wie ich mit heiler Haut im Korridor stand, schob ich, allerdings zitternd mit all meinen Gliedern, mein Ohr ans Schlüsselloch und horchte. Da hörte ich's leise lachen. Ich stürzte hierher an den Schultisch, und hier bin ich, und ich weiß nicht, ob ich das geträumt, oder ob ich das tatsächlich erlebt habe. Nein, nein, es ist, es ist Tatsache. Wenn doch nur Kraus käme. Mir ist doch ein wenig bange. Wie nett wäre es, wenn der gute Kraus käme und mir wieder ein wenig, wie schon so oft, die Leviten läse. Ich möchte ein wenig ausgeschimpft, abgekanzelt, verknurrt und verdonnert werden, das würde mir unsagbar wohltun. Bin ich ein Kind? –

Ich war eigentlich nie Kind, und deshalb, glaube ich zuversichtlich, wird an mir immer etwas Kindheitliches haften bleiben. Ich bin nur so gewachsen, älter geworden, aber das Wesen blieb. Ich finde an dummen Streichen noch ebensoviel Geschmack wie vor Jahren, aber das ist es ja, ich habe eigentlich nie dumme Streiche gemacht. Meinem Bruder habe ich ganz früh einmal ein Loch in den Kopf geschlagen. Das war ein Geschehnis, kein dummer Streich. Gewiß, Dummheiten und Jungenhaftigkeiten gab es die Menge, aber der Gedanke interessierte mich immer mehr als die Sache selber. Ich habe früh begonnen, überall, selbst in den dummen Streichen, Tiefes herauszuempfinden. Ich entwickle mich nicht. Das ist ja nun so eine Behauptung. Vielleicht werde ich nie Äste und Zweige ausbreiten. Eines Tages wird von meinem Wesen und Beginnen irgendein Duft ausgehen, ich werde Blüte sein und ein wenig, wie zu meinem eigenen Vergnügen, duften, und dann werde ich den Kopf, den Kraus einen dummen, hochmütigen Trotzkopf nennt, neigen. Die Arme und Beine werden mir seltsam erschlaffen, der Geist, der Stolz, der Charakter, alles, alles wird brechen und welken, und ich werde tot sein, nicht wirklich tot, nur so auf eine gewisse Art tot, und dann werde ich vielleicht sechzig Jahre so dahinleben und -sterben. Ich werde alt werden. Doch ich habe kein Bangen vor mir. Ich flöße mir durchaus keine Angst ein. Ich respektiere ja mein Ich gar nicht, ich sehe es bloß, und es läßt mich ganz kalt. O in Wärme kommen! Wie herrlich! Ich werde immer wieder in Wärme kommen können, denn mich wird niemals etwas Persönliches, Selbstisches am Warmwerden, am Entflammen und am Teilnehmen verhindern. Wie glücklich bin ich, daß ich in mir nichts Achtens-

und Sehenswertes zu erblicken vermag! Klein sein und bleiben. Und höbe und trüge mich eine Hand, ein Umstand, eine Welle bis hinauf, wo Macht und Einfluß gebieten, ich würde die Verhältnisse, die mich bevorzugten, zerschlagen, und mich selber würde ich hinabwerfen ins niedrige, nichtssagende Dunkel. Ich kann nur in den untern Regionen atmen.

Ich gehe durchaus mit den Vorschriften, die hier – immer noch – gelten, einig, wenn sie befehlen, daß die Augen des Zöglings und Lebenslehrlings glänzen müssen vor Munterkeit und gutem Willen. Ja, Augen müssen Festigkeit der Seele ausstrahlen. Ich verachte Tränen, und doch habe ich geweint. Allerdings mehr innerlich, aber das ist vielleicht gerade das Schauderhafteste. Fräulein Benjamenta sagte zu mir: «Jakob, ich sterbe, weil ich keine Liebe gefunden habe. Das Herz, das kein Würdiger zu besitzen, zu verwunden begehrt hat, es stirbt jetzt. Ich sage dir adieu, Jakob, schon jetzt. Ihr Knaben, Kraus, du und die andern, ihr werdet dann ein Lied singen am Bett, in dem ich liegen werde. Klagen werdet ihr, leise klagen. Und jeder von euch, ich weiß es, wird eine frische, vielleicht gar vom Naturtau noch feuchte Blume auf das Laken legen. Laß mich dich, junges Menschenherz, ganz ins geschwisterliche, ins lächelnde Vertrauen ziehen. Ja, dir, Jakob, etwas anzuvertrauen, das ist so natürlich, der man meint, du, der du so aussiehst wie jetzt, du mü⸍ für alles und jedes, selbst für das Unsagbare und ⸍ bare, ein Ohr, eine horchende Brust, ein Auge⸍ und ein mitleidendes, mitempfindendes ⸍ haben. Ich gehe am Unverständnis derje⸍

hätten sehen und fassen sollen, am Wahn der Vorsichtigen und Klugen, und an der Lieblosigkeit des Zauderns und des Nicht-recht-Mögens zugrunde. Man glaubte mich eines Tages zu lieben, und mich zu haben zu wünschen, doch man zauderte, man ließ mich stehen, und auch ich zauderte, aber ich bin ja ein Mädchen, ich mußte zaudern, ich durfte und sollte es. Ah, wie hat mich die Untreue betrogen, wie haben mich Leerheit und Fühllosigkeit eines Herzens gepeinigt, an das ich glaubte, weil ich glaubte, es sei voll echten, drängenden Gefühlen. Etwas, das überlegen und unterscheiden kann, ist kein Gefühl. Ich spreche zu dir von dem Mann, an den anmutige süße Träume mich glauben, unbedenklich glauben hießen. Ich kann dir nicht alles sagen. Laß mich lieber schweigen. O das Vernichtende, das mich tötet, Jakob. Die Trostlosigkeiten alle, die mich brechen! – Doch genug. Sage, hast du mich lieb, wie junge Brüder Schwestern lieb haben? Schon gut. Jakob, nicht wahr, es ist alles ganz gut, so wie es ist? Nein, nicht wahr, wir beide, wir wollen nicht grollen, nicht zweifeln? Und nicht wahr, nie wieder irgend etwas zu begehren haben, ist schön? Oder nicht? Ja, ja doch. Das ist schön. Komm und laß mich dich küssen, ein einziges unschuldiges Mal. Sei weich. Ich weiß, du weinst nicht gern, aber jetzt laß uns ein wenig zusammen weinen. Und ganz still jetzt, ganz still.» Sie fügte nichts mehr hinzu. Es war, als wenn sie vieles noch hätte sagen wollen, doch als wenn sie für ihre Empfindungen keine Worte mehr fände. Draußen im Hof schneite es in nassen großen Flocken. Das erinnerte mich an den Schlosshof, an die innern Gemächer, wo es ebenfalls in nassen großen Flocken geschneit hatte. Die innern Gemächer! Und ich dachte mir immer, Fräulein Benjamenta sei die Herrin dieser innern Gemächer. Ich habe sie immer als zarte Prinzessin gedacht. Und jetzt? Fräulein Benjamenta ist ein leidender feiner weiblicher Mensch. Keine Prinzessin. Sie wird also eines Tages da drinnen im Bett liegen. Der Mund wird starr sein, und um die leblose Stirne werden sich die Haare trügerisch kräuseln. Doch wozu sich das ausmalen? Jetzt gehe ich zum Vorsteher. Er hat mir sagen lassen, ich solle zu ihm kommen. Auf der einen Seite eine Mädchenklage und -leiche, auf der andern Seite ihr Bruder, der noch gar nicht gelebt zu haben scheint. Ja, Benjamenta kommt mir wie ein ausgehungerter, eingesperrter Tiger vor. Und wie? Ich, ich begebe mich in den gähnenden Rachen hinein? Nur hinein! Mag er seinen Mut kühlen an einem wehrlosen Zögling. Ich stehe ihm zur Verfügung. Ich fürchte ihn, und zugleich ist etwas in mir, das ihn auslacht. Außerdem ist er mir ja noch die Erzählung seiner Lebensgeschichte schuldig. Er hat mir das fest versprochen, und ich werde ihn daran zu erinnern wissen. Ja, so kommt er mir vor: noch gar nicht gelebt hat er. Will er sich jetzt etwa an mir ausleben? Nennt er etwa gar Verbrechenausüben Ausleben? Das wäre dumm, sehr dumm, und gefährlich. Aber es zwingt mich! Ich muß zu diesem Menschen hineingehen. Eine Seelengewalt, die ich nicht verstehe, nötigt mich, ihn immer wieder von neuem aushorchen, ausforschen zu gehen. Mag mich der Vorsteher fressen, mit andern Worten, mir Leid und Schmach antun. Jedenfalls bin ich dann an etwas Großherzigem zugrunde gegangen. Hinein jetzt ins Kontor. Die arme Lehrerin! –

Ein wenig verächtlich, muß ich sagen, sonst aber ganz zutraulich (ja, eben deshalb so zutraulich, weil verächtlich), klopfte mir der Vorsteher mit der Hand auf die Schulter und lachte mich mit seinem breiten, aber wohlgeformten Mund an. Die Zähne kamen dabei zum Vorschein. «Herr Vorsteher», sagte ich unglaublich zornig, «ich muß bitten, mich mit etwas weniger kränkender Freundlichkeit zu behandeln. Noch bin ich Ihr Zögling. Im übrigen verzichte ich, und das nicht ausdrücklich genug, auf Gnaden. Seien Sie einem Lumpen gegenüber herablassend und gütig. Mein Name ist Jakob von Gunten, und das ist ein zwar junger, aber trotzdem seiner Würde bewußter Mensch. Ich bin nicht zu entschuldigen, das sehe ich, aber auch nicht zu beleidigen, das verhindere ich.» – Und mit diesen geradezu lächerlich anmaßenden Worten, mit diesen so wenig ins gegenwärtige Zeitalter passenden Worten stieß ich die Hand des Herrn Vorstehers zurück. Darauf lachte Herr Benjamenta noch fröhlicher und sagte: «Ich muß mich einfach halten, ich muß dich anlachen, Jakob, und ich muß mich halten, daß ich dich nicht küsse, du prachtvoller Bursche.» – Ich rief aus: «Mich küssen? Sind Sie verrückt geworden, Herr Vorsteher? Ich will nicht hoffen.» – Ich staunte selber über die Ungeniertheit, mit der ich das sagte, und ich trat, wie um einem Hieb auszuweichen, unwillkürlich einen Schritt zurück. Herr Benjamenta aber, die Güte und Schonung selber, sagte mit vor seltsamer Genugtuung bebenden Lippen: «Junge, Knabe, du bist köstlich. Mit dir zusammen in Wüsten oder auf Eisbergen im nördlichen Meere zu leben, das würde mich locken. Komm her! Ei, der Teufel, fürchte dich doch, bitte, nicht vor mir. Nichts tu' ich dir. Was könnte, was vermöchte ich dir denn anzutun? Dich wertvoll und selten empfinden, sieh, das muß ich, das tu' ich, aber davor brauchst du doch keine Angst zu haben. Im übrigen, Jakob, und jetzt ganz ernsthaft gesagt, höre: Willst du ganz, ganz bei mir bleiben? Du verstehst das nicht recht, also laß dir das ruhig auseinandersetzen. Hier geht es zu Ende, verstehst du das?» – Ich platzte dumm heraus mit den Worten: «Ah, Herr Vorsteher, meine Ahnungen!» – Er lachte von neuem und sprach: «Sieh da, geahnt hast du es schon, daß das Institut Benjamenta gleichsam heute noch lebt und morgen nicht mehr. Ja, so kann man sagen. Du bist der letzte Schüler gewesen. Ich nehme keine Zöglinge mehr an. Blick mich an. Mich freut es so mächtig, verstehst du, daß ich dich, den jungen Jakob, noch habe kennenlernen dürfen, einen so rechtgearteten Menschen, bevor ich hier zuschließe für immer. Und nun frage ich dich, Schelm, der du mich mit so eigenartigen fröhlichen Ketten fesselst, willst du mit mir gehen, wollen wir zusammenbleiben, zusammen irgend etwas anfangen, etwas unternehmen, wagen, schaffen, wollen wir beide, du der Kleine, ich der Große, zusammen versuchen, wie wir das Leben bestehen? Bitte, antworte sogleich.» – Ich erwiderte: «Meiner Ansicht nach hat die Beantwortung dieser Frage noch Zeit, Herr Vorsteher. Aber was Sie sagen, interessiert mich, und ich werde mir die Sache, etwa bis morgen, überlegen. Doch glaube ich, daß ich mit ja antworten werde.» – Herr Benjamenta konnte sich, wie es schien, nicht enthalten, zu sagen: «Du bist entzückend.» – Nach einer Pause nahm er das Wort wieder und sagte: «Denn schau, mit dir ließe sich so etwas wie eine Gefahr, wie ein kühnes, abenteuerliches, entdeckerisches Unternehmen bestehen. Aber es kann ruhig auch irgend etwas Feines und Sittsames sein, das wir machen können. Du bist von beiderlei Blut, von zartem und unerschrockenem. Mit dir vereint wagt man entweder etwas Mutiges oder etwas sehr Delikates.» – «Herr Vorsteher», sagte ich, «schmeicheln Sie mir nicht, das ist garstig und erregt Verdacht. Und dann halt! Wo ist die Geschichte Ihrer Vergangenheit, die Sie mir zu erzählen versprochen haben, wie Sie sich wohl noch erinnern werden?» – In diesem Augenblick riß jemand die Türe auf. Kraus, er war es, stürzte atemlos, ganz blaß im Gesicht, und unfähig, die Meldung, die er offenbar auf den Lippen hatte, vorzutragen, ins Zimmer herein. Er machte nur eine hastige Geste, wir sollten kommen. Wir alle drei traten in die dunkelnde Schulstube. Was wir hier sahen, machte uns erstarren.

Am Boden lag das entseelte Fräulein. Der Vorsteher ergriff ihre Hand, ließ sie aber, wie von Schlangen gebissen, fahren und schauderte, von Entsetzen gepackt, zurück. Dann kam er wieder in die Nähe der Toten, schaute sie an, entfernte sich wieder, um gleich wieder heranzutreten. Kraus kniete zu ihren Füßen. Ich hielt den Kopf der Lehrerin in beiden Händen, damit er den harten Boden nicht zu berühren brauchte. Die Augen standen noch offen, nicht sehr weit, sondern gleichsam blinzelnd. Herr Benjamenta schloß sie. Auch er kniete am Boden. Wir alle drei sprachen kein Wort, aber wir waren nicht in «tiefe Gedanken versunken». Wenigstens ich konnte an nichts Ausgeprägtes denken. Aber ich war ganz ruhig. Ich kam mir sogar, so eitel das auch klingt, gut und schön vor. Ich hörte von irgendwoher ein ganz dünnes Geriesel von Melodien. Linien und Strahlen bogen sich vor meinen Augen hin und her. «Ergreift sie», sagte leise Herr Vorsteher, «kommt. Tragt sie ins Wohnzimmer. Sachte, sachte, o sachte anfassen. Sorgsam, Kraus. Um Gotteswillen, nicht so rauh. Jakob, gib acht, ja? Nicht irgendwo anstoßen. Ich will euch helfen. Ganz langsam vorwärts. So. Und einer strecke die Hand aus und öffne die Türe. So, so. Es geht. Nur sorgfältig.» – Er sprach meiner Ansicht nach überflüssige Worte. Wir trugen Fräulein Lisa Benjamenta aufs Bett, dessen Decke der Vorsteher rasch wegriß, und nun lag sie da, wie sie es mir zum voraus gleichsam angekündigt hatte. Und dann kamen die Schulkameraden, und alle sahen es, und dann standen wir alle so da, am Bett. Herr Vorsteher gab uns einen verständlichen Wink, und wir Eleven und Knaben fingen an, im Chor gedämpft zu singen. Das war die Klage, die das Mädchen gewünscht hatte zu vernehmen, wenn sie auf dem Lager läge. Und jetzt, so bildete ich es mir ein, vernahm sie den leisen Gesang. Es war uns, glaube ich, allen, als wäre es Unterrichtsstunde, und wir sängen auf Befehl der Lehrerin, der wir immer so rasch gehorchten. Als das Lied zu Ende gesungen war, trat Kraus aus dem Halbkreis, den wir gebildet hatten, vor und sprach, ein wenig langsam, aber um so eindringlicher, folgendes: «Schlafe, ruhe süß, verehrtes Fräulein. (Er sprach sie, die Tote, mit du an. Mir gefiel das.) Entwunden bist du den Schwierigkeiten, entfesselt vom Bangen, befreit von den Sorgen und Schicksalen der Erde. Wir haben dir am Bett gesungen, Verehrte, wie du es befahlst. Sind wir, deine Zöglinge, nun verlassen? So scheint es, so ist es. Doch du, Frühgestorbene, wirst unsern Gedächtnissen nie, nie entschwinden. Du wirst am Leben bleiben in unsern Herzen.

Wir, deine Knaben, die du gemeistert und beherrscht hast, wir werden uns im flatterhaften und mühevollen Leben, Gewinn und Unterkommen suchend, zerstreuen, so, daß vielleicht alle alle nie wieder finden und sehen. Aber wir alle werden an dich denken, Erzieherin, denn die Gedanken, die du uns eingeprägt, die Lehren und Kenntnisse, die du in uns befestigt hast, werden uns immer an dich, die Schöpferin des Guten, was in uns ist, erinnern. Ganz von selber. Essen wir, so wird uns die Gabel sagen, wie du wünschtest, daß wir sie führen und handhaben sollen, und wir werden anständig zu Tisch sitzen, und das Bewußtsein, daß wir das tun, wird uns an dich zurückdenken machen. In uns herrschest, gebietest, lebst, erziehst und fragst und tönst du weiter. Irgendeiner von uns Zöglingen, der es etwas weiter als der andere im Leben bringt, wird vielleicht seinen zurückgebliebenen ärmeren Kameraden, wenn er ihn antrifft, nicht mehr kennen wollen. Gewiß. Doch dann denkt er unwillkürlich ans Institut Benjamenta zurück und an die Herrin, und er wird sich schämen, deine Grundsätze so rasch und so hochmütig verleugnet und vergessen zu haben. Und er wird dem Kameraden, dem Bruder, dem Menschen ohne alle Überlegung die Hand zum Gruß reichen. Was lehrtest du uns, Verblichene? Du sagtest uns stets, wir sollten bescheiden und willig bleiben. Ah, das werden wir nie vergessen, so wenig wie wir die liebe Person, die es ausgesprochen hat, werden überwinden und vergessen können. Schlaf wohl, du Verehrte. Träume! Schöne Einbildungen mögen dich flüsternd umschweben. Die Treue, die glücklich ist, dir nahe zu sein, beuge ihr Knie vor dir, und die dankbare Anhänglichkeit und das erinnerungslüsterne, zärtliche Nie-vergessen-Können streuen Blüten,

Zweige, Blumen und Worte der Liebe dir um Stirne und Hände. Wir, deine Zöglinge, wir wollen jetzt noch eines singen, und dann haben wir die Gewißheit, daß wir an deinem Totenlager, das uns das Lustlager frohen und hingebungsvollen Gedenkens sein wird, gebetet haben. So lehrtest ja du uns beten. Du sagtest: Singen sei Beten. Und du wirst uns hören, und wir werden uns einbilden, du lächeltest. Uns will es die Herzen zerschneiden, dich hier liegen zu sehen, dich, deren Bewegungen uns vorgekommen sind wie dem Durstigen frisches, belebendes Quellwasser. Ja, schmerzvoll ist das. Doch wir beherrschen uns, und gewiß wünschtest auch du das. So sind wir gefaßt. So gehorchen wir dir und singen.» – Kraus trat vom Lager zu uns zurück, und wir sangen noch ein Lied, das ebenso leise dahin- und daherklang wie das erste. Dann traten wir, einer hinter dem andern, ans Bett, und jeder drückte einen Kuß auf die Hand des toten Mädchens. Und jeder von den Eleven sprach etwas. Hans sagte: «Ich will es Schilinski erzählen. Und Heinrich muß es auch wissen.» – Schacht meinte: «Lebe wohl, du warst immer so gut.» Peter: «Ich will deine Gebote befolgen.» Dann traten wir in die Schulstube zurück, indem wir den Bruder bei der Schwester, den Vorsteher bei der Vorsteherin, den Lebendigen bei der Toten, den Einsamen bei der Einsamen, den Schmerzgebeugten bei der Vollendeten, Herrn Benjamenta bei Fräulein Benjamenta allein ließen.

Ich habe von Kraus Abschied nehmen müssen. Kraus ist gegangen. Ein Licht, eine Sonne ist geschwunden. Mir ist es, als wenn es von jetzt ab in der Welt und Umwelt nur noch Abend sein könnte. Bevor eine Sonne untertaucht, wirft sie noch rötliche Strahlen über die dunkelnde Gegenwart, ähnlich Kraus. Er hat mich, bevor er ging, rasch noch einmal ausgescholten, und der ganze veritable Kraus ist dabei noch ein letztes Mal zum leuchtenden Vorschein gekommen. «Adieu, Jakob, bessere dich, ändere dich», sagte er zu mir, indem er mir, beinahe ärgerlich darüber, daß er es tun mußte, die Hand reichte. «Ich gehe jetzt fort, in die Welt, in den Dienst. Das wirst auch du hoffentlich bald tun müssen. Schaden wird es dir sicher nicht. Ich wünsche dir Hiebe auf deinen Unverstand hinauf. Man soll dich tüchtig bei den ungezogenen Ohren nehmen. Lache nur nicht noch beim Abschied. Übrigens ziemte dir das. Und wer weiß, vielleicht sind die Verhältnisse dieser Welt so töricht, daß sie dich in die Höhe heben. Dann kannst du in der Unverschämtheit, im Trotz, in der Überhebung und in der lächelnden Trägheit, in Spott und allen möglichen Sorten Unarten ruhig und frech fortfahren und sorgenlos bleiben, was du bist. Dann kannst du dich brüsten bis zum Zersprengen, mit all dem, was du dir hier im Institut Benjamenta nicht hast abgewöhnen wollen. Aber ich hoffe, daß Sorgen und Mühen dich in ihre harte, untugendenzerschmetternde Schule nehmen. Sieh', Kraus spricht hart. Und doch meine ich es vielleicht besser mit dir, Bruder Lustig, als die, die dir Glück in den Schoß und ins offene Maul wünschen würden. Arbeite mehr, wünsche weniger, und noch etwas: bitte vergiß mich ganz. Ich würde mich nur ärgern, wenn ich dächte, du habest für mich irgendeinen abgelegten alten, schäbigen, solch einen tänzelnden Komm'-ich-heute-nicht-komm'-ich-morgen-Gedanken übrig. Nein, Bürschchen, merke dir's, Kraus braucht keinen von deinen von Guntenschen Späßen.» – «Liebloser, lieber

Mensch», rief ich voller banger Abschiedsahnungen und -empfindungen aus. Und ich wollte ihn umarmen. Doch er verhinderte das auf die einfachste Art der Welt, indem er sich rasch, und für immer, entfernte. «Heute noch ein Institut Benjamenta und morgen keines mehr», sprach ich laut zu mir selber. Ich trat zu Herrn Vorsteher herein. Es war mir, als wenn die Welt einen glühend-zündend-klaffenden Riß von einer räumlichen Möglichkeit bis zur entgegengesetzten andern bekommen hätte. Mit Kraus war die Hälfte des Lebens gegangen. «Von jetzt ab ein anderes Leben!» murmelte ich. Es ist übrigens ganz einfach: ich war betrübt und ein wenig bestürzt. Wozu sich in großen Worten ergehen? Vor dem Vorsteher verneigte ich mich förmlicher als je, und es erschien mir schicklich, «guten Tag, Herr Vorsteher» zu sagen. «Bist du toll, alter Junge?» rief er. Er kam mir entgegen und würde mich umarmt haben, aber ich verhinderte das, indem ich ihm einen Schlag auf den ausgestreckten Arm versetzte. «Kraus ist gegangen», sagte ich tiefernst. Wir schwiegen und begnügten uns, uns ziemlich lange anzuschauen.

«Ich habe», sagte dann Herr Benjamenta in ruhigem, männlichem Ton, «den andern allen, deinen Kameraden, heute Stellungen verschafft. Nur noch wir drei, du, ich und sie, die da drinnen auf dem Bett liegt, bleiben noch hier. Die Tote (warum nicht ruhig über die Toten reden? Sie leben ja. Nicht wahr?), sie wird morgen abgeholt werden. Das ist ein häßlicher, aber notwendiger Gedanke. Heute sind wir drei noch zusammen. Und wir werden die Nacht über wach bleiben. Wir beide werden reden an ihrem Lager. Und wenn ich nun so denke, wie du da eines Tages mit der Bitte, Forderung und Frage anlangtest, in die Schule aufgenommen zu werden, packt mich eine unerhörte Lebens- und Lachlust. Ich bin über Vierzig. Ist das alt? Es war alt, doch jetzt, wie du so da bist, Jakob, bedeutet es grünende und kräftig knospende Jugend, dieses Vierziger-Alter. Mit dir, du Gemüt von einem Jungen, ist frisches, ist überhaupt erst Leben über mich und in mich hineingekommen. Ich habe hier, siehst du, hier im Bureau, schon verzweifelt, bin hier schon ganz eingetrocknet, habe mich hier geradezu begraben. Ich haßte, haßte, haßte die Welt. Unsagbar ist von mir alles dies Wesen, Bewegen und Leben gehaßt und gemieden worden. Da tratest du ein, frisch, dumm, unartig, frech und blühend, duftend von unverdorbenen Empfindungen, und ganz natürlich schnauzte ich dich mächtig an, aber ich wußte es, so wie ich dich nur sah, daß du ein Prachtbursche seiest, mir, wie es mir vorkam, vom Himmel heruntergeflogen, von einem alleswissenden Gott mir gesandt und geschenkt. Ja, dich brauchte ich gerade, und ich lächelte immer heimlich, wenn du von Zeit zu Zeit zu mir eintratest, um mich mit deinen reizenden Frechheiten und Grobheiten, die mir wie gutgelungene Gemälde erschienen, zu belästigen. O nein, zu betören. Ruhig, Benjamenta, ruhig. – Hast du es, sage mir das, nie bemerkt, daß wir zwei Freunde waren? Doch still. Und wenn ich dann so meine Würde vor dir bewahrte, o dann hätte ich sie zerreißen mögen, zerreißen in Fetzen. Wie rasend förmlich du dich sogar heute noch vor mir verbeugt hast! Doch höre, wie ist es eigentlich nur mit dem Wutanfall von neulich? Habe ich dir wehtun wollen? Wollte ich mir selber einen tödlichen Streich versetzen? Vielleicht weißt du es, Jakob? Ja? Dann, bitte, kläre mich sofort auf. Sofort, hast du verstanden! Wie ist mir? Wie? Was sagst du?» – «Ich weiß es nicht. Ich hielt Sie für wahnsinnig, Herr Vorsteher», sagte ich. Es überlief mich kalt angesichts der überströmenden Zärtlichkeit und Lebenslust, die aus den Augen des Mannes hervorbrachen. Wir schwiegen eine Weile. Plötzlich kam mir der Einfall, Herrn Benjamenta an die Geschichte seines Lebens zu erinnern. Das war sehr gut. Das konnte ihn unter Umständen zerstreuen, ihn von mörderischen neuen Anfällen abhalten. Ich war in diesem Moment fest überzeugt, daß ich mich in den Krallen eines halb-Verstandlosen befände, und ich sagte daher rasch, indem mir der Schweiß über die Stirne herabrann: «Ja, Ihre Geschichte, Herr Vorsteher? Wie ist es damit? Wissen Sie, daß ich Andeutungen verabscheue? Sie haben mir dunkel angedeutet, daß Sie ein entthronter Herrscher seien. Nun wohlan. Bitte, drücken Sie sich deutlich aus. Ich bin sehr gespannt.» – Er kraute sich ganz verlegen hinter dem Ohr. Dann wurde er plötzlich geradezu böse, kleinlich böse, und er herrschte mich im Feldwebelston an: «Abtreten. Mich allein lassen!» – Nun, ich ließ mir das nicht zweimal sagen, sondern verschwand augenblicklich. Schämte er sich, grämte er sich um irgend etwas, dieser König Benjamenta, dieser Löwe im Käfig? Jedenfalls war ich wieder einmal recht froh, draußen im Korridor stehen und lauschen zu können. Es herrschte Totenstille. Ich ging in die Kammer, zündete einen Kerzenstumpf an und vertiefte mich in den Anblick des Bildes von Mama, das ich stets sorgsam aufbewahrt hatte. Später klopfte es an die Türe. Es war der Vorsteher, er war ganz schwarz angezogen. «Komm», befahl er mit eiserner Strenge. Wir gingen ins Wohnzimmer, um bei der Entschlafenen zu wachen. Herr Benjamenta wies mir mit einer leichten Handbewegung meinen Platz an. Wir setzten uns. Gottlob, ich spürte wenigstens gar keine körperliche Müdigkeit. Das war mir sehr lieb. Das Gesicht der Toten war schön geblieben, ja, es schien sogar noch anmutiger geworden zu sein, und noch etwas: von Moment zu Moment schien immer mehr Schönheit, Rührung und Anmut darauf niederzufallen. Etwas wie lächelnde Vergebung jeder Art Fehltrittes schien im Wohnzimmer zu schweben und leise zu tönen. Es zirpte so. Und es war auf so helle, lichte Art ernst in der Stube. Nichts, nichts Unheimliches. Mir wurde es schön zumut, denn schon das allein, daß ich hier wachte, ließ mich die Ruhe, die in einer stillen Pflichterfüllung liegt, angenehm empfinden.

«Später, Jakob», ergriff der Vorsteher das Wort, indem wir so saßen, «später erzähle ich dir alles. Wir werden ja doch zusammenbleiben. Ich glaube ganz fest, sogar felsenfest an deine Zustimmung. Du wirst morgen, wenn ich dich nach deinen Entscheidungen frage, nicht nein sagen, das weiß ich. Für heute muß ich dir sagen, daß ich kein wirklicher abgesetzter König bin, ich meine, ich sagte dir das nur so, des Bildes halber. Wohl aber gab es Zeiten, wo dieser Benjamenta, der hier neben dir sitzt, sich als Herr, als Eroberer und als König fühlte, wo das Leben vor mir zum Erfassen dalag, wo alle meine Sinne an Zukunft und an Größe glaubten, wo meine Schritte mich elastisch dahin wie über teppichähnliche Wiesen und Begünstigungen trugen, wo ich besaß, was ich anschaute, genoß, an was ich nur flüchtig dachte, wo alles bereit war, mich mit Befriedigung zu krönen, mit Erfolgen und Errungenschaften mich zu salben, wo ich König war, ohne es kaum zu ahnen, groß, ohne daß ich nötig hatte, mir eine bewußte Rechenschaft davon abzulegen. In diesem Sinne, Jakob, bin ich hoch gewesen, das heißt einfach jung und vielversprechend, und in diesem Sinne geschah die Entfürstung und Entthronung. Ich stürzte. Und ich zweifelte an mir und an allem. Wenn man verzweifelt und trauert, lieber Jakob, ist man so jammervoll klein, und immer mehr Kleinheiten werfen sich über einen, gefräßigem, raschem Ungeziefer gleich, das uns frißt, ganz langsam, das uns ganz langsam zu ersticken, zu entmenschen versteht. Also das mit dem König war eine Phrase. Ich bitte dich, kleiner Zuhörer, um Entschuldigung, wenn ich dich an Szepter und Purpurmantel habe glauben machen. Doch glaube ich, daß du es eigentlich wußtest, wie es mit diesen gestammelten und geseufzten Königreichen im Grunde gemeint war. Nicht wahr, ein wenig gemütlicher komme ich dir jetzt vor? Jetzt, da ich kein König mehr bin? Denn das gibst du doch selbst zu, daß solche Herrscher, wenn sie genötigt sind, Unterricht usw. zu erteilen und Institute zu eröffnen, gewiß unheimliche Patrone wären. Nein, nein, ich war nur zukunftsstolz und -froh: das sind meine Ländereien und königlichen Einkünfte gewesen. Dann war ich lange, lange Jahre entmutigt und entwürdigt. Und nun bin ich wieder, das heißt fange an, wieder ich selber zu sein, und es ist mir, als hätte ich eine Million geerbt, ach was, Million geerbt, nein, es ist mir, als wäre ich – – zum Herrscher erhoben und gekrönt worden. Allerdings kommen mir immer wieder die dunklen, grauenhaft dunklen Stunden, wo mir alles schwarz vor den Augen und hassenswert vor dem gleichsam, versteh mich, verbrannten und verkohlten Gemüt wird, und in solchen Stunden zwingt es mich, zu zerreißen, zu töten. O meine Seele, du, würdest du, trotzdem du das nun weißt, bei mir bleiben? Könntest du dich, vielleicht aus einfacher menschlicher Neigung zu mir, oder aus irgendeiner andern dir zusagenden Empfindung, dazu entschließen, der Gefahr, die dir mit dem Zusammensein mit mir Unmenschen droht, zu trotzen? Kannst du hohen Herzens trotzen? Bist du solch ein Trotzkopf? Und nimmst du das alles nicht übel? Übel? Ach was, Dummheiten. Übrigens weiß ich es ja, Jakob, daß wir zusammen leben werden. Es ist entschieden. Wozu dich noch fragen? Siehe, ich kenne doch ja meinen früheren Zögling. Jetzt, Jakob, bist du nicht mehr mein Zögling. Ich will nicht mehr bilden und lehren, sondern ich will leben und lebend etwas wälzen, etwas tragen, etwas schaffen. O, es läßt sich so herrlich, so herrlich leiden mit solch einem Herzen von Kameraden. Ich besitze, was ich besitzen wollte, und drum ist mir, als könnte ich alles, ertrüge und litte ich fröhlich alles. Kein Gedanke, kein Wort mehr. Bitte, schweige. Du sagst mir morgen, nachdem man mir dieses Leben da, das da auf dem Bett liegt, weggetragen hat, nachdem ich die rein äußerliche Feierlichkeit habe abstreifen dürfen und in eine innerliche habe umwandeln dürfen, deine Meinung. Du sagst ja, oder du sagst nein. Wisse, du bist ja jetzt vollkommen frei. Du kannst sagen und tun, was dir beliebt.» – Ich sagte ganz leise, zitternd vor Verlangen, diesen mir etwas allzu zuversichtlichen Menschen ein wenig zu erschrecken: «Aber der Brotkorb, Herr Vorsteher? Den andern verschaffen Sie Unterkommen, und gerade mir nicht? Das finde ich seltsam. Das ist nicht recht. Und ich bestehe darauf. Es ist Ihre Pflicht, mir einen ordentlichen Arbeitsposten zu vermitteln. Ich will unbedingt in Stellung und Amt gehen.» – Ah, er zuckte zusammen. Er erschrak. Wie mußte ich innerlich kichern. Teufeleien sind doch das Netteste am Leben. Herr Benjamenta sagte traurig: «Du hast recht. Es ziemt sich, dir auf Grund deines Abgangszeugnisses eine Stelle zu verschaffen. Gewiß, du hast vollkommen recht. Nur dachte ich, nur – dachte ich – –, du machtest eine Ausnahme.» – Ich rief wie in zündender Entrüstung: «Ausnahme? Ich mache keine Ausnahmen. Niemals. Das schickt sich nicht für den Sohn eines Großrates. Meine Bescheidenheit, meine Geburt, alles, was ich empfinde, verbietet mir, mehr zu wollen, als was meine Schulgenossen bekommen haben.» – Von da an sprach ich kein Wort mehr. Mir gefiel es, Herrn Benjamenta einer sichtbaren, für mich schmeichelhaften Unruhe zu überlassen. Den Rest der Nacht verbrachten wir schweigend.

Aber während ich so saß und wachte, überfiel mich doch der Schlaf. Zwar nicht lang, eine halbe Stunde, oder vielleicht noch etwas länger, war ich der Wirklichkeit entrückt. Mir träumte (der Traum schoß von der Höhe, ich erinnere mich, gewaltsam, mich mit Strahlen überwerfend, auf mich nieder), ich befände mich auf einer Bergmatte. Sie war ganz dunkelsamtgrün. Und sie war mit Blumen wie mit blumenhaft gebildeten und geformten Küssen bestickt und besetzt. Bald erschienen mir die Küsse wie Sterne, bald wieder wie Blumen. Es war Natur und doch keine, Bildnis und Körper zugleich. Ein wunderbar schönes Mädchen lag auf der Matte. Ich wollte mir einreden, es sei die Lehrerin, doch sagte ich mir rasch: «Nein, das kann es nicht. Wir haben keine Lehrerin mehr.» Nun, dann war es halt jemand anderes, und ich sah förmlich, wie ich mich tröstete, und ich hörte den Trost. Es sagte deutlich: «Ah bah, laß das Deuten.» – Das Mädchen war schwellend und glänzend nackt. An dem einen der schönen Beine hing ein Band, das im Wind, der das Ganze liebkoste, leise flatterte. Mir schien, als wehe, als flattere der ganze spiegelblanke süße Traum. Wie war ich glücklich. Ganz flüchtig dachte ich an «diesen Menschen». Natürlich war es Herr Vorsteher, an den ich so dachte. Plötzlich sah ich ihn, er war hoch zu Roß und war bekleidet mit einer schimmernd schwarzen, edlen, ernsten Rüstung. Das lange Schwert hing an seiner Seite herunter, und das Pferd wieherte kampflustig. «Ei, sieh da! Der Vorsteher zu Pferd'», dachte ich, und ich schrie, so laut ich konnte, daß es in den Schluchten und Klüften ringsum widerhallte: «Ich bin zu einem Entschluß gekommen.» – Doch er hörte mich nicht. Qualvoll schrie ich: «Heda, Herr Vorsteher, hören Sie.» Nein, er wandte mir den Rücken. Sein Blick war in die Ferne, ins Leben hinab- und hinausgerichtet. Und nicht einmal den Kopf bog er nach mir. Mir scheinbar zuliebe rollte jetzt der Traum, als wenn er ein Wagen gewesen wäre, Stück um Stück weiter, und da befanden wir uns, ich und «dieser Mensch», natürlich niemand anders als Herr Benjamenta, mitten in der Wüste. Wir wanderten und trieben mit den Wüstenbewohnern Handel, und wir waren ganz eigentümlich belebt von einer kühlen, ich möchte sagen, großartigen Zufriedenheit. Es sah so aus, als wenn wir beide dem, was man europäische Kultur nennt, für immer, oder wenigstens für sehr, sehr lange Zeit entschwunden gewesen seien. «Aha», dachte ich unwillkürlich, und wie mir schien, ziemlich dumm: «Das war es also, das!» – Aber was es war, was ich da dachte, konnte ich nicht enträtseln. Wir wanderten weiter. Da erschien ein Haufe von uns feindlich gesinnten Menschen, wir aber zerstreuten ihn, ohne daß ich eigentlich sah, wie das zuging. Die Erdgegenden schossen mit den Wandertagen blitzartig vorüber. Ich empfand die Erfahrung von ganzen vorüberwinkenden, langen, schwer zu ertragen gewesenen Jahrzehnten. Wie war doch das eigentümlich. Die einzelnen Wochen sahen sich an wie kleine, glitzernde Steinchen. Es war lächerlich und herrlich zugleich. «Der Kultur entrücken, Jakob. Weißt du, das ist famos», sagte von Zeit zu Zeit der Vorsteher, der wie ein Araber aussah. Wir ritten auf Kamelen. Und die Sitten, die wir sahen, entzückten uns. Es war etwas Unverständlich-Mildes und Zartes in den Bewegungen der Länder. Ja, mir war es, als marschierten, nein eher, als flögen die Länder. Das Meer zog sich majestätisch dahin wie eine große blaue nasse Welt von Gedanken. Bald hörte ich Vögel schwirren, bald Tiere brüllen, bald Bäume über mir rauschen. «Also bist du nun doch mitgekommen. Ich wußte es ja», sagte Herr Benjamenta, den die Indier zum Fürsten erhoben hatten. Wie toll! So grauenhaft überspannt es ist: Tatsache war, daß wir in Indien Revolution machten. Und scheinbar glückte uns der Streich. Es war so köstlich zu leben, das fühlte ich in allen Gliedern. Das Leben prangte vor unsern weitausschauenden Blicken wie ein Baum mit Zweigen und Ästen. Und wie stunden wir fest. Und durch Gefahren und Erkenntnisse wateten wir wie in eiskaltem, aber unserer Hitze wohltuendem Flußwasser. Ich war immer der Knappe, und der Vorsteher war der Ritter. «Schon gut», dachte ich mit einmal. Und wie ich das dachte, erwachte ich und schaute mich im Wohnzimmer um. Herr Benjamenta war ebenfalls eingeschlafen. Ich weckte ihn, indem ich ihm sagte: «Wie können Sie einschlafen, Herr Vorsteher. Doch erlauben Sie mir, Ihnen zu sagen, daß ich mich entschlossen habe, mit Ihnen zu gehen, wohin Sie wollen.» – Wir gaben einander die Hand, und das bedeutete viel.

Ich packe. Ja, wir beide, der Vorsteher und ich, wir sind mit Packen, mit richtigem Zusammenpacken, Abbrechen, Aufräumen, Auseinanderzerren, Schieben und Rücken beschäftigt. Wir werden reisen. Schon gut. Mir paßt dieser Mensch, und ich frage mich nicht mehr, warum. Ich fühle, daß das Leben Wallungen verlangt, nicht Überlegungen. Meinem Bruder werde ich heute Adieu sagen. Ich werde hier nichts hinterlassen. Mich bindet nichts, verpflichtet nichts, zu sagen: «Wie wär's, wenn ich – –» Nein, es gibt nichts mehr zu wären und zu wennen. Fräulein Benjamenta liegt unter der Erde. Die Eleven, meine Kameraden, sind zerstoben in allerlei Ämtern. Und wenn ich zerschelle und verderbe, was bricht und verdirbt dann? Eine Null. Ich einzelner Mensch bin nur eine Null. Aber weg jetzt mit der Feder. Weg jetzt mit dem Gedankenleben. Ich gehe mit Herrn Benjamenta in die Wüste. Will doch sehen, ob es sich in der Wildnis nicht auch leben, atmen, sein, aufrichtig Gutes wollen und tun und nachts schlafen und träumen läßt. Ach was. Jetzt will ich an gar nichts mehr denken. Auch an Gott nicht? Nein! Gott wird mit mir sein. Was brauche ich da an ihn zu denken? Gott geht mit den Gedankenlosen. Nun denn adieu, Institut Benjamenta.

ANHANG

NACHWORT DES HERAUSGEBERS

Dieser kleine Tagebuch-Roman ist seit seinem Erscheinen für die meisten Leser das merkwürdigste Buch eines merkwürdigen Schriftstellers geblieben – befremdlich und faszinierend, tiefsinnig und charmant, ganz schlicht und überaus kunstvoll. Zu den Vieldeutigkeiten und Rätseln, durch die uns die Erzählung hindurchführt, gibt es auch außerhalb des Werks keine bereitliegenden einfachen Schlüssel. Der Roman entstand in einer der dokumentarisch kaum belegten Phasen in Robert Walsers Leben, über deren nähere Umstände daher wenig Sicheres bekannt ist. Das Originalmanuskript ist ebensowenig überliefert wie irgendwelche Korrespondenz dazu. Auch von Robert Walser selbst sind gerade zu diesem Buch keine späteren Kommentare überliefert, sieht man von einigen Bemerkungen gegenüber Carl Seelig, seinem einzigen Freund in den Altersjahren, ab.

«Jakob von Gunten», im Frühjahr 1909 erschienen, war das Werk eines zwar noch nicht zu größeren Publikumserfolgen gelangten, aber doch etablierten, gut besprochenen und zumindest bei der jüngeren Intelligenz bekannten Autors – sein fünftes Buch insgesamt, wobei allerdings nur die vorausgegangenen Romane «Geschwister Tanner» und «Der Gehülfe» eine gewisse Verbreitung erlangt hatten (die noch früher erschienenen «Fritz Kochers Aufsätze» und die im gleichen Jahr wie «Jakob von Gunten» vorgelegten «Gedichte» hatten ganz kleine Auflagen). Robert Walser, der 1878 in Biel geborene Schweizer, lebte seit Anfang 1906 dauernd in Berlin, anfangs zusammen mit seinem Bruder Karl Walser, dem in dieser Zeit sehr erfolgreichen Maler und Bühnenbildner. Der Verleger Bruno Cassirer, der die beiden früheren Romane herausgebracht hatte (einen dritten, der dann verlorenging, hatte er jedoch abgelehnt), unterstützte Robert Walser einige Zeit mit regelmäßigen Vorschußzahlungen. Zu dessen Bekanntheit hatten nicht zuletzt die vielen Prosastücke, Glossen und Geschichten beigetragen, die seit 1907 in den angesehensten Zeitschriften des modernen Berlin von ihm erschienen waren. Trotzdem war die Aufnahme des neuen Romans mindestens zwiespältig und der Verkauf jedenfalls gering. Cassirer konnte nur eine Auflage drucken (beim «Gehülfen» waren es noch drei), die zwar vielleicht etwas größer war als die sonst zunächst üblichen eintausend Exemplare, aber dafür auch für zehn Jahre die letzte Veröffentlichung eines Buches von Walser in seinem Verlag blieb. Erst 1950 wurde dann «Jakob von Gunten» in einer Neuausgabe wieder greifbar, viel später als die anderen beiden Romane. (Der vorliegende Abdruck folgt der Erstausgabe, nur die Orthographie wurde nach Duden vereinheitlicht.)

Walsers erster Roman, «Geschwister Tanner», war ein schwärmerisch bewegter Reigen von Episoden und Lebensbildern gewesen, in denen Erlebnisse seiner früheren Zürcher Jahre und Figuren aus seinem Geschwister- und Freundeskreis idealisiert und typisiert wiederkehrten, mit dem Selbstbildnis in der Figur des schweifend-suchenden Träumers Simon Tanner im Mittelpunkt, der gegen die Entfremdungserfahrungen in den Arbeitsverhältnissen und sozialen Beziehungen aufbegehrt. Der verlorene zweite Roman war, nach dem wenigen, was wir aus den Briefen Walsers und Christian Morgensterns (der sein Verlagslektor und Mentor war) von ihm wissen, eine frei fabulierte Geschichte über eine abenteuerliche Asienexpedition, erzählt aus der Perspektive eines «Gehülfen». Der dann tatsächlich unter dem Titel «Der Gehülfe» erschienene zweite Roman Walsers hätte kaum gegensätzlicher sein können: er stellt das nahezu veristische Protokoll einer Reihe von Monaten dar, die der Autor als Sekretär eines technischen Erfinders 1903 in einem bestimmten Dorf am Zürichsee zugebracht hatte, eine allerdings paradigmatische Erzählung vom Niedergang eines bürgerlichen Hauses, vom Zerfall einer Familie, vom vergeblichen Versuch eines Angestellten, einen sicheren sozialen Ort zu finden. Nach diesem «Gehülfen» bedeutete «Jakob von Gunten» wieder einen ungewöhnlichen Sprung – an die Stelle scharf gestochener Alltagsrealität tritt eine traumhafte Zwischenwelt, in der unerhörte Grundsätze regieren und eine geheimnisvolle Erwartung herrscht. Walser selbst bemerkte Seelig gegenüber, unter seinen umfangreicheren Büchern sei ihm dieses das liebste, aber er fand es auch «etwas verwegen» («Wanderungen mit Robert Walser», 1977, S. 15). Wenige seiner Leser von 1909 dürften so klar und sicher wie Franz Kafka in einem Brief geurteilt haben: «Ein gutes Buch.» (Auch Max Brod hat bezeugt, «Jakob von Gunten» sei ein Lieblingsbuch seines Freundes gewesen.)

Den Kritikern zumal verursachte es erhebliche Verlegenheit – J. V. Widmann etwa, der es mit Walser, den er zehn Jahre zuvor entdeckt und als erster gefördert hatte, doch sehr gut meinte, versteckt sich in seiner Rezension (in «Der Bund», Bern, 10./11., 11./12. u. 12./13. Mai 1909) hinter langen Zitaten aus Hermann Hesses kurz zuvor im Berliner «Tag» erschienenen Walser-Aufsatz; er findet die Geschichte aus dem Institut Benjamenta «höchst wunderlich», paraphrasiert sie liebevoll und eingehend, nimmt aber dann wieder an Einzelheiten einen heute komisch berührenden Anstoß (er ärgert sich über Geschwätzigkeit; sich Joseph in Ägypten wie den Zögling Kraus vorzustellen, empfindet er als eine Geschmacklosigkeit; die Schilderung der Tremala-Szene «geschieht in so groben, häßlichen Ausdrücken, daß diese eine Stelle das Buch für die Hand jedes Mädchens unmöglich macht».) Hesse seinerseits fand einfach, dieser Roman bringe «die alte Geschichte, der Jakob ist Kocher, ist Tanner, ist der Gehilfe Marti, ist Robert Walser. Auch der Ton ist der alte . . . Und wieder dieses echte Dichtererstaunen darüber, wie sonderbar die Welt uns ansieht, wie wechselnd und bered ihr Ausdruck ist, wie im eigenen Wesen gutmütig Selbstverständliches und erschreckend Tolles ruhig nebeneinander liegt.» Allerdings: «Hier ist alles, was in den früheren Büchern zum Teil hübscher und liebenswürdiger klang, vertieft und herber geworden, die Menschen sehen uns verzerrt und dennoch unheimlich lebenswahr wie aus allzunah aufgenommenen Photographien an . . .» Im «beinahe verbrecherhaften Umkreisen dunkler Punkte im eigenen Wesen» erinnere Walser oft an Hamsun. (Beide Besprechungen sind enthalten in «Über Robert Walser», Erster Band, hg. von Katharina Kerr, Frankfurt a. M. 1978, S. 33 bzw. S. 52.)

Seltsam, wunderlich, merkwürdig – solche Ausdrücke kehren in früheren Artikeln über Walser immer wieder, wo es sich um den «Jakob von Gunten» handelt. Das Anziehend-Geheimnisvolle und das Befremdende halten sich die Waage – wenn nicht gar völlige Verständnislosigkeit laut wird. «Mit Robert Walsers neuem Roman konnte ich noch weniger anfangen als mit dem vorjährigen. Solch kraft- und saftloses Geschreibe in den Tag hinein ist nicht auszuhalten», polterte Josef Hofmiller, immerhin eine Autorität seiner Zeit, in den «Süddeutschen Monatsheften» (1909, Bd. II, S. 253). Nur eine Besprechung dringt bei der Beschreibung und Interpretation wirklich in tiefere Schichten des Romans ein: die von Efraim Frisch in der «Neuen Rundschau» (1911, Bd. I, S. 416-420; mit Efraim Frisch, dem Dramaturgen, Schriftsteller und Herausgeber, war Walser befreundet). Aber auch sie beginnt: «Es gibt Träume von schwer zu beschreibender Beschaffenheit . . .», und hüllt die Hauptgestalt des Buches – halb grauer Zögling, halb Cherub – eher in ein mystisches Gewölk, als daß sie das Rätselhafte deuten würde.

Mit «Jakob von Gunten», so muß man rückblickend feststellen, entfremdete sich Robert Walser seinen Zeitgenossen. War er vorher noch eine Hoffnung des Literaturbetriebs gewesen, in die einige hohe Erwartungen setzten, so wurde er jetzt zur außenseiterischen Randerscheinung. Die zwiespältige, um nicht zu sagen negative Aufnahme des Romans trug gewiß zu den Krisen seiner letzten Berliner Jahre bei, in denen er, wie wir aus seinen eigenen späteren Andeutungen wissen, schließlich am Romaneschreiben verzweifelte und vermutliche mehrere weitere Ansätze aufgab oder gar ganze Manuskripte vernichtete. Heute, unter dem Blickwinkel von Walsers Wiederentdeckung, kann man freilich sagen, er war seiner Zeit voraus. Denn der «Jakob von Gunten» spielte dabei eine wesentliche Rolle: in den ersten Dissertationen, in mehreren Übersetzungen, in Aufsätzen kam immer wieder die Faszination zum Ausdruck, die gerade von diesem Buch auf Leser in der zweiten Jahrhunderthälfte ausging – nicht wenigen Kennern gilt der Roman als Walsers bedeutendstes und geschlossenstes Werk.

Walser sagte zwar über «Jakob von Gunten»: «Zum größeren Teil ist er eine dichterische Phantasie», aber er bezeichnete Carl Seelig auch jenen anderen, wiederum autobiographischen Teil genau: es war die Erinnerung an die Dienerschule, die er selbst 1905 besucht hatte (vgl. Carl Seelig, «Wanderungen mit Robert Walser», 1977, S. 15, 20, 50), freilich als 27jähriger und nur für einen vierwöchigen Kursus. Deren Milieu übertrug er dann, wie er angab, auf eine Knabenschule. Im Hintergrund ist Berlin zu erkennen, die Friedrichstraße (der Walser auch ein Prosastück widmete, das den entsprechenden Passagen des Romans verwandt ist), das Gesellschaftsleben, der als Künstler bereits arriviertere Bruder – dies alles vielleicht aus der Perspektive geschildert, in der es Walser bei einem Berlin-Besuch vor 1906 begegnete.

Dazu kommen noch einige Jugenderinnerungen, und wie in den früheren Romanen zeigt sich hier eine Verflechtung mit den Motiven anderer Texte. Die Szene der «schlafenden» oder «scheintoten» Lehrer des Instituts wiederholt in gekürzter Form und mit leicht abgeänderten Namen eine entsprechende Revue im «Tagebuch eines Schülers» (in «Geschichten», SW Bd. 2, S. 104), das Dezember 1908 in der «Zukunft» erschien und in Walsers Heimatstadt Biel, wo man die Porträtierten unschwer zu identifizieren vermochte, einigen Skandal verursachte – es waren tatsächlich die Lehrer aus Robert Walsers Progymnasialzeit.

In einer der Erinnerungsepisoden treten die «Buben Weibel» auf, frühere Spielgefährten Jakobs und «kleine Republikaner». «Die Buben Weibel» ist aber auch ein selbständiges Prosastück (erschienen im Juni 1908 in «Simplicissimus»; SW Bd. 15, S. 95). Hier liegt nun eine eigenartige Vertauschung der Rollen vor: in diesem Prosastück sind in den Lausejungen, die einige Ähnlichkeit mit Max und Moritz haben, Robert Walser und – ziemlich sicher – sein ein Jahr älterer Bruder Karl zu erkennen. Der zarte, feine Großratssohn Robert von Känel, der um ihre Freundschaft buhlt, ist der Gegenstand ihres derben Spotts. Auch in den Kindheitserinnerungen Simon Tanners tritt dieser Großratssohn auf (SW Bd. 9, S. 120). Bereits in «Fritz Kochers Aufsätzen» ist Walser aber einmal auf die andere Seite der sozialen Barriere geschlüpft: hier spielt er selbst den verwöhnten Abkömmling – Fritz Kocher ist, nach dem Milieu und den geäußerten Weltansichten, eben jener Großratssohn, zugleich aber eine Maske des Autors. Jakob von Gunten aber ist wiederum Fritz Kocher – der Diener «Fehlmann» in beider Elternhäusern ist auch eine äußerliche Klammer. Walser spielt hier also in einem Stück, dessen Figuren und Gegenüberstellungen persönlicher Erinnerung entnommen sind, abwechselnd durchaus entgegengesetzte Rollen: Beispiel seiner ironischen Verwandlungsfähigkeit, das davor warnt, Biographisches und vom Autobiographischen zehrende Figurationen im Werk gleichzusetzen.

Einige andere Parallelen weisen direkt auf Walsers ersten, zwei bis drei Jahre früher entstandenen Roman zurück: der Traum, in dem Jakob an der Hand des Fräuleins die «inneren Gemächer» erlebt, eine allegorische Initiation, klingt an jenen Traum in «Geschwister Tanner» an, in dem Simon die Wesens- und Schicksalsbilder seiner Geschwister schaut. Lisa Benjamenta hat von Simons Freundin Klara den weißen Zauberstab und die Rolle der Seelenführerin übernommen – in ihrem Leiden und ihrem Tod erinnert sie andererseits an Hedwig Tanner, wie sie in jener Traumvision erscheint.

Der Ausritt in die Wüste, den Jakob am Ende der Erzählung in einem anderen Traum erlebt, dieser Ausbruch aus der Kultur, bei dem er sich als Knappe dem Ritter Benjamenta anschließt, mag noch ein Echo des verlorenen zweiten Romans mit der vermutlich abenteuerhaften Asienfahrt sein. (1906, als er jenen Roman schrieb, hatte Walser selbst «schon seit Jahren» die Idee, für einige Zeit in irgendein kulturfernes überseeisches Land zu gehen, wie aus seinen Briefen an den Freund und Mentor Morgenstern hervorgeht; dieser stellte ihm seine persönlichen Beziehungen zum Haus des Reichskolonialministers von Dernburg zur Verfügung, und Walther Rathenau soll Walser einmal ein Amt auf Samoa, das damals deutsche Kolonie war, angeboten haben. Walser verwirklichte diese Pläne oder Träume zwar nie, aber sie akzentuieren immerhin die Richtung, die seine Gedanken in dieser Zeit genommen hatten.)

Diese Hinweise tragen zur Interpretation des Romans nur sehr mittelbar bei, eben weil er doch «zum größeren Teil eine dichterische Phantasie» ist, sie verdeutlichen aber immerhin, daß auch dieses eigentümlichste Werk Walsers nicht wie ein Findling losgelöst und fremd dasteht, sondern motivlich mit anderen Texten und mit dem biographischen Hintergrund mannigfach verwachsen ist.

Es bleibt noch immer einer genaueren Forschung vorbehalten, die eventuellen weiteren motiv- und gestaltungsgeschichtlichen Beziehungslinien aufzudecken – also etwa direkte und indirekte Beeinflussungen Walsers aus der literarischen Tradition zu erkennen. Zunächst stößt man bei solchen Vergleichen vor allem auf auffallende Differenzen, Walser hebt in seiner Adaptation das Vorbild in höchst bezeichnender Weise auf. Drei Vergleichsperspektiven mögen das demonstrieren.

«Jakob von Gunten» enthält in seinem Kern eine typische Märchenfabel – Marthe Robert weist im Vorwort zu ihrer französischen Übersetzung des Buches (Paris, Grasset, 1960; deutsch in «Über Robert Walser», Dritter Band, Frankfurt a. M. 1979) darauf hin: Jakob ist der Prinz, der, verkleidet oder verwunschen, die Welt befahren und Prüfungen bestehen muß, und das Institut Benjamenta, in seiner «mythischen» Qualität, wird ihm zu einem solchen Ort der Prüfung und zugleich der Einweihung in die Lebensgeheimnisse. Wie bedeutungsvoll für Walser die Tradition des Märchens, seine

Erzählformen wie seine Gehalte sind, kann hier nicht im einzelnen belegt werden – es sei jedoch auf seine Märchen-Versspiele «Aschenbrödel», «Schneewittchen» und «Dornröschen» verwiesen (sie finden sich in dieser Ausgabe in Band 14). In den beiden erstgenannten (um 1900 entstanden; «Dornröschen» ist ein sehr viel späteres Stück) wird der Inhalt des Märchens so abgewandelt resp. forterzählt, daß ein wesentliches Element – die Erlösung – fraglich wird und statt des «märchenhaften» Ineinander der (guten) mythischen und der (bösen) irdisch-menschlichen Sphäre diese vielmehr radikal auseinanderfallen. Diese schmerzliche Unvereinbarkeit gilt für «Jakob von Gunten» nur noch insofern, als die Feengestalt des «Fräulein» in dieser Welt zu Leiden und Tod verurteilt ist – Jakob selbst aber nimmt ihr Bild mit hinüber in einen neuen «Mythos» jenseits des Märchens, das sich mit dem Institut auflöst. Die absolute Selbstentäußerung im fraglosen Dienst und die darin gerettete absolute innere Freiheit sind der Inhalt seines neuen Lebens – dies aber ist nicht die Erlösung und Heimkehr des Märchenprinzen.

Näher und konkreter aufzuzeigen ist die Nachbarschaft des «Jakob von Gunten» zu den zahlreichen Romanen der beiden Jahrzehnte vor und nach der Jahrhundertwende, in denen der Held wie der «reiche Jüngling» des Matthäus-Evangeliums sein Gut und seinen Stand aufgibt, um den sozialistischen Weg des Heils zu gehen. Das biblische Motiv war Walser zweifellos bewußt und sehr bedeutsam (1925 legte er es auch einem szenischen Prosastück zugrunde: «Der reiche Jüngling», SW Bd. 17, S. 460) – aber so wenig er seiner ursprünglichen religiösen, transzendent orientierten Ausprägung folgte, so wenig hatte «Jakob von Gunten» mit dem zeitgenössischen, gefühlsmäßig-humanitären oder marxistisch beeinflußten literarischen Sozialismus gemein. Im «Gehülfen» distanziert Walser sich mit Ironie von jenem Ideenrausch, der ihn in jüngeren Jahren einmal flüchtig begeistert hatte, und auch Jakob von Gunten ist alles andere als ein Sozialrevolutionär, wie sich etwa in der unkritischen Erinnerung an das Elternhaus zeigt. Nicht das schlechte Gewissen, einer Ausbeuterklasse anzugehören, sondern der in seiner Familie auf Tradition beruhende Wunsch, «sich irgendwie nützlich zu erweisen», veranlassen ihn, seinen Stand zu verlassen – also auch nicht Solidaritätsgefühle mit dieser oder jener Klasse, sondern ein elitäres Bewußtsein, Stolz und daraus Aktivismus; «aber er versteht unter Stolz etwas ganz Neues, gewissermaßen der Zeit, in der er lebt, Entsprechendes.» Um dies zu verdeutlichen, mußte Walser seine Maske aristokratisch stilisieren – es geht ihm weder um Klassenkonflikte noch um transzendente Erlösung (Dostojewski), sondern in einer Vorwegnahme der expressionistischen Thematik um den «neuen Menschen», der die grundsätzlichen existentiellen Gegensätze von Freiheit und Verstrickung in reiner Diesseitigkeit austrägt. Die soziale Dimension fehlt dabei keineswegs – sie wird jedoch, unter deutlicher Beziehung auf die Zeit, in historisch-kritischer Bewußtheit, umgreifender verstanden.

Freilich läßt sich diese Karriere nach unten, auf die Walser seinen Helden schickt, auch anders beleuchten, zumal wenn man den sozialen Erfahrungshintergrund des Autors mitbedenkt: «Verwegen mutet . . . die Fiktion des Buches an, mit der die Misere des linkischen kleinen Mannes zur aristokratischen Allüre stilisiert wird. Jakob von Gunten muß nicht – er will. Er gehorcht nicht der Not – er übt sich in Demut. Diese stolze Freiwilligkeit demaskiert sich freilich dauernd in den einbekannten Tagräumen. Und die Demut gibt sich in ihren Übertreibungen bald als blanke List zu erkennen – wer sich so zur Zwergengröße duckt, kann leichter entwischen, wer so übertrieben gehorsam zum Munde des Erziehers redet, macht sich schon wieder über ihn lustig: «am Fels harter Arbeit» will Jakob von Gunten seinen Trotz zerschmettern. Jakob von Gunten lügt! Und wenn er nach langem Zögern (wie alle Helden Walsers gibt er nicht gerne unumwunden über sich Auskunft) den von ihm geforderten ‹Lebenslauf› schreibt, dann gesteht er es ein: er hoffe, nicht ganz dumm und unbrauchbar zu sein, schreibt er, ‹aber er lügt, er hofft das nicht nur, sondern er behauptet und weiß es›. Er hofft das – die Wendung verrät, daß er stolz ist auf seine Lügen. Er lügt, um zu entkommen. Und er lügt, um sich zu rächen.» (Anne Gabrisch, Nachwort zu Robert Walser, «Romane» I u. II, [Ost-]Berlin 1983, Band II, S. 339 f.)

«Jakob von Gunten» ist auch ein eigentümliches Beispiel der Gattung «Bildungsroman», die in der deutschen Literatur seit der Klassik eine so große Bedeutung hatte. «Es ist der deutsche Traum von der Integration des Individuums und von einer Elite, die zur Speerspitze kultureller und sozialer Reform wird. Walsers Buch bot eine neue Variante davon, wenn nicht die Parodie.» (Christopher Middleton im Vorwort zu seiner Übersetzung des «Jakob von Gunten», deutsch in «Über Robert Walser», Dritter Band, Frankfurt a. M. 1979, S. 49). Die «pädagogische Provinz» in Goethes «Wilhelm Meister» und das «Institut Benjamenta» stellen die denkbar weitesten Gegensätze auf der bezeichneten Linie dar und stehen doch in einer Walser zweifellos nicht unbewußten Verbindung: Der damals auch in Berlin lebende Schweizer Schriftsteller Albert Steffen traf ihn am 30. Oktober 1907, als er ihn einmal besuchte, über der Lektüre des «Wilhelm Meister» an (dieses datierte Zeugnis ist ein seltener Glücksfall). Das «Institut Benjamenta» wurde zwar seit den ersten Besprechungen des Romans häufig durchaus negativ interpretiert – als Ort des Terrors, Abbild der Welt in ihrer schlechtesten Erscheinung – aber dabei liegt, wie ich meine und wie man an der sich schnell wandelnden Einstellung des Zöglings Jakob, vor allem an der Erhöhung, ja Verherrlichung des Kraus, in dem sich der wahre Geist dieser Schule verkörpert, ablesen kann, eine grundsätzliche Fehldeutung vor. Diese Schule ist das wahre «Vorzimmer des Lebens», des neuen Lebens, das Jakob sucht: die Moral der Selbstentäußerung, der Unterwerfung unter äußeren Zwang, ist, einschließlich der erschreckenden äußeren Formen von Drill und Uniformierung, ein positives Programm. In der Entleerung dieses Programms von allen traditionellen Bildungsgehalten – die schlafend, scheintot oder versteinert, jedenfalls als zeitfremd und überflüssig ausgegliederten Lehrer – drückt sich nicht anders als in der Gesellschaftskritik, die Jakobs Bruder Johann von Gunten formuliert, ein extremer Wertnihilismus aus, mit dem es Walser zweifellos ernst ist.

Nichts in dieser Gesellschaft, in dieser Kultur, in dieser Welt ist der strebenden Bemühung wert, nichts vermittelt mehr das Wahre und Gute mit dem Wirklichen. Dieses «rien ne va plus» ist der kritische Schlußpunkt eines Spiels, das das Zeitalter des Individualismus mit immer höheren Einsätzen durchspielte, in dem mit den praktischen Lebenszielen auch alle höheren Güter des Geistes zuletzt der Entfremdung anheim fielen – dem Prozeß, der aus Wissen, Kunst und Religion materiale Mittel zu Zwecken und zuletzt Waren machte. Mittel der Erziehung, Mittel der Macht, Mittel des Geschäfts, Mittel des gesellschaftlichen Status: Walser nahm Erfahrungen voraus, die jüngere Generationen erst aus gesellschaftlichen und politischen Katastrophen zogen, die aber von einer so extremen Außenseiterstellung aus, wie er sie einnahm, bereits einsichtig sein konnten und in einer Konsequenz lagen, die in der «pädagogischen Provinz» des «Wilhelm Meister» schon vorgezeichnet war. Was von allen Entwürfen einer «Erziehung des Menschengeschlechts» blieb, war am Ende deren negativer Gehalt: die Bestimmung der Freiheit durch ein kategorisches Gesetz, die Entsagung, die Bescheidung, die Unterstellung des Individuellen unter ein Objektives, Fremdes, schließlich die illusionslose, aber auch fraglose (also nicht gläubige) Unterwerfung schlechthin. Diese schließt insbesondere das «sacrificium intellectus» ein: erst der Gedankenlose erreicht einen neuen Stand der Unschuld. Das Programm einer Bildung der Persönlichkeit gipfelt in der – Auslöschung der Persönlichkeit, in der Herausbildung von bloßen «Nullen». Denn nur solchen können die gesellschaftlichen Verhältnisse, wie sie sind, nichts anhaben. – Auf eine mögliche Anregung Walsers, ein – in gewissem Sinn – Vorbild seines «Instituts Benjamenta» hat Otto F. Best aufmerksam gemacht: es findet sich in Frank Wedekinds Erzählung «Mine-Haha oder Über die körperliche Erziehung der jungen Mädchen», die zuerst 1901 in der «Insel» gedruckt wurde (vgl. Otto F. Best, «Zwei Mal Schule der Körperbeherrschung und drei Schriftsteller», in: «Modern Language Notes», 85/5, Okt. 1970, S. 727).

Es ist jedoch nicht zu übersehen, daß Jakob von Guntens Erfahrung und Reflexion den Horizont der Schule und deren asketische Regel durchstoßen und damit wiederum aufheben. Kraus, der echte Diener aus naiver Demut (und proletarischer Bestimmung), der unscheinbare und unbewußte «Krösus», das Gott-Wunder – und Jakob, der stolze Revolutionär nach unten, der «Tänzer» und frivole Schauspieler, der die Niedrigkeit frei erwählt und zugleich ins unumgrenzte Abenteuer aufbricht – sie zusammen erst bezeichnen Walsers «humane Utopie», wenn man nach einer solchen suchen will. Aufgenommen in sie ist das im Roman impressionistisch gezeichnete Erlebnis der Großstadt, der Massengesellschaft, die die Rangunterschiede schleift und der Idee der Nächstenliebe einen neuen, sehr unsentimentalen Gehalt von äußerer Solidarität gibt. Anonymität, Uniformität sind positive Merkmale dieser neuen Gesellschaft: sie schützen jenes Vermächtnis der Lehrerin, die reine, poesieverklärte Innerlichkeit, der freilich eine tätige Entfaltung versagt bleibt. Den vitalen Kräften andererseits, diesem Elementaren, das den Vorsteher mit gefesselter Gewalt erfüllt wie einen Vulkan und das Jakob in ihm wieder befreit, hat Walser nie sonst in seinem Werk eine so positive, vertrauende Gestaltung gegeben wie hier. (Gewiß ist der Vorsteher nicht einfach der Oger aus dem Märchen, wie in Marthe Roberts Interpretation; in der Ambivalenz von Bedrohung und Anziehung, die Jakobs Verhältnis zu ihm bestimmt, mag andererseits auch eine homosexuelle Problematik mitschwingen, auf deren am Ende befreiende Lösung Anne Gabrisch verweist.)

«Jakobs letzter Traum», notiert Christopher Middleton: «Eine Wiederkehr von Don Quixote und Sancho Pansa, wie Benjamenta und Jakob hier als Flüchtlinge der Kultur in die Wüste reiten. Die Form des Abenteuerromans ist in ‹Jakob von Gunten› verinnerlicht. Die alte episodische Reihung von Geschehnissen . . . wird zur episodischen Reihung von Reflexionen und Phantasien. Geisterhafte Gegenwart einer der ältesten Formen europäischer Dichtung. Diese Don Quixote-Sancho Pansa-Epiphanie ist keine Sache des Zufalls.» (In seinem zitierten Vorwort, a.a.O. S. 52) Unter einem anderen Blickwinkel sieht die Ausreitenden Roberto Calasso in seinem verborgenen mythologischen Mustern nachspürenden Essay: «Das pataphysische Paar, Benjamenta–Saturn und Jakob–Merkur, begibt sich auf die Reise; sie werden nie zurückkehren, um uns von diesem letzten Ausbruch zu erzählen.» («Der Schlaf des Kalligraphen», Nachwort zur italienischen Ausgabe des «Jakob von Gunten», deutsch in «Über Robert Walser», Dritter Band, Frankfurt 1979, S. 145).

Hier konnten nur Andeutungen zu dem Bedeutungs- und Beziehungsreichtum von Walsers Roman gegeben werden, und dabei sind seine besonderen Struktur- und Stilaspekte noch gar nicht angesprochen worden. Die Tagebuchform etwa wäre zum Gegenstand eines ausführlichen Exkurses zu machen: ihre Tradition und ihre Bedeutung bei anderen modernen Autoren, ihre spezifische Ausprägung in diesem Buch, schließlich ihre besondere Fruchtbarkeit im Hinblick auf Walsers Ausgangsposition. (Dreizehn Jahre später nimmt er sie in dem verlorenen Roman «Theodor» noch einmal auf.) Die allegorischen Motive bedürften einer näheren Untersuchung, und die Walsersche Ironie, dieser Kontrapunkt seiner erzählerischen Melodik, wäre in ihren Voraussetzungen, Ausdrucksweisen und Wirkungen zu beschreiben, um nur die wichtigsten Fragen aufzuzählen. Aus den verschiedensten Richtungen kann man auf den Text zugehen, und immer wieder wird er neue Einsichten und Zusammenhänge offenbaren. Daß viele verschiedene solche Wege möglich sind, kennzeichnet die Größe des noch nicht lange in den Literaturgeschichten verzeichneten Werks nicht minder als seine durch den zeitlichen Abstand unberührte, unmittelbar auf den Leser wirkende Anmut.

1878	Robert Otto Walser am 15. April in Biel geboren.
1884–1892	Besuch der dortigen Volksschule und des Progymnasiums.
1892–1895	Lehre bei der Bernischen Kantonalbank in Biel.
1894	22. Oktober: Tod der Mutter.
1895	April bis August in Basel, anschließend für ein Jahr in Stuttgart, wo damals auch sein Bruder Karl lebte. Vergebliche Versuche, Schauspieler zu werden.
1896	Rückkehr in die Schweiz. Anmeldung am 30. September in Zürich, wo er, abgesehen von kürzeren anderweitigen Aufenthalten, in den folgenden zehn Jahren lebt. 1. Oktober bis 20. November 1897 Hilfsbuchhalter bei der Allg. Versicherungs-A.G. «Schweiz».
1897	Ende November: Reise nach Berlin.
1898	8. Mai: Erste Veröffentlichung (eine Auswahl Gedichte) durch Josef Viktor Widmann im «Sonntagsblatt des Bund» in Bern. Hierdurch Bekanntschaft mit Franz Blei.
1899	Frühjahr in Thun. Mai bis Mitte Oktober vermutlich erster, nicht belegter Aufenthalt in München, wo ihn Franz Blei in den Dichter- und Künstlerkreis der Zeitschrift «Die Insel» eingeführt haben dürfte.
1900	Oktober 1899 bis April 1900 in Solothurn.
1901	September in München. Wanderung nach Würzburg, wo er Max Dauthendey besucht.
1902	Januar in Berlin, Februar bis April bei seiner Schwester Lisa in Täuffelen am Bielersee, anschließend wieder in Zürich.
1903	März in Winterthur, 15. Mai bis 30. Juni Rekrutenschule in Bern, Ende Juli bis Dezember «Gehülfe» des Ingenieurs Dubler in Wädenswil am Zürichsee.
1904	Ab Januar wieder in Zürich, Angestellter der Zürcher Kantonalbank. November erster Militär-Wiederholungskurs in Bern. Ende November erscheint im Insel Verlag Leipzig sein erstes Buch «Fritz Kochers Aufsätze».

1905	Im März Übersiedlung nach Berlin, wohnt bei seinem Bruder Karl. Juni kurzer Aufenthalt in Zürich. Oktober bis Ende 1905 Diener auf Schloß Dambrau in Oberschlesien.
1906	Anfang Januar Rückkehr nach Berlin. Niederschrift des Romans «Geschwister Tanner» (erscheint im Frühjahr 1907 bei Bruno Cassirer). Kurzzeitig Sekretär des Kunsthändlers, Verlegers und Geschäftsführers der Berliner Sezession Paul Cassirer (evtl. auch erst im folgenden Jahr). Sommer/Herbst Niederschrift eines zweiten, nicht erhaltenen Romans.
1907	Januar: Weitere Roman-Pläne, von deren Ausführung nichts überliefert ist. Juni/Juli: Abschluß des Manuskripts «Der Gehülfe» (erscheint im Frühling 1908 bei Bruno Cassirer). Bezug einer eigenen Wohnung in Berlin-Charlottenburg, Wilmersdorfer Str. 141.
1908	Entstehung des Romans «Jakob von Gunten» (erscheint im Frühling 1909 bei Bruno Cassirer). Juni/Juli: Ballonfahrt von Berlin nach Königsberg mit Paul Cassirer.
1909	Bibliophile Ausgabe der «Gedichte» mit Radierungen von Karl Walser bei Bruno Cassirer. Aus der Zeit von 1909 bis November 1912 sind nicht nur keine Briefe erhalten, sondern es fehlen auch sonstige Belege für seine damaligen Lebensumstände.
1912	November: Wohnt in einer eigenen Wohnung oder einem Zimmer in Charlottenburg, Spandauer-Berg 1. Vorbereitung der Prosabände «Aufsätze» (erscheint im Frühling 1913 bei Kurt Wolff in Leipzig) und «Geschichten» (erscheint 1914 ebenfalls bei Kurt Wolff).
1913	März: Rückkehr in die Schweiz. Wohnt zunächst bei seiner Schwester Lisa in Bellelay, dann kurz bei seinem Vater im Hause Akeret in Biel. Bezieht im Juli eine Mansarde im Hotel Blaues Kreuz in Biel, wo er während der nächsten sieben Jahre bleiben wird. Beginn der Freundschaft mit Frieda Mermet.
1914	9. Februar: Tod des Vaters. Frühling: Vorbereitung des Prosabandes «Kleine Dichtungen», für den Walser im Sommer einen Preis des

«Frauenbundes zur Ehrung rheinländischer Dichter» erhält. Die erste Auflage, «hergestellt für den Frauenbund . . .», wird im Herbst 1914 gedruckt, die zweite erscheint 1915 bei Kurt Wolff in Leipzig.

Kriegsausbruch. 5. August bis 4. September: (1.) Militärdienst in Erlach; 21. September bis 13. Oktober: (2.) Militärdienst in St. Maurice.

1915   Anfang Januar: Kurze Reise nach Leipzig und Berlin.

25. Januar: Gebrüder-Walser-Abend des Lesezirkels Hottingen in Zürich.

6. April bis 13. Mai: (3.) Militärdienst in Cudrefin (Jura); 6. Oktober bis 3. Dezember: (4.) Militärdienst in Wisen.

1916   Sommer: Anfragen der Verlage Huber und Rascher wegen eventueller Veröffentlichungen. September: Manuskript «Der Spaziergang» abgeschlossen (erscheint April 1917 bei Huber & Co. in Frauenfeld). Oktober: Zusammenstellung des Bandes «Prosastücke» (erscheint Ende November 1916 mit Druckvermerk «1917» bei Rascher in Zürich).

17. November: Tod des Bruders Ernst in der Heilanstalt Waldau bei Bern.

1917   Frühjahr: Zusammenstellung der Sammlungen «Kleine Prosa» (erscheint im April bei A. Francke in Bern) und «Studien und Novellen» (in dieser Form nicht erschienen). Mai: Abschluß des Manuskripts «Poetenleben» (erscheint November 1917 mit Druckvermerk «1918» bei Huber & Co. in Frauenfeld).

16. Juli bis 8. September: (5.) Militärdienst im Tessin.

1918   Januar: Abschluß des Manuskripts «Seeland» (erscheint mit Druckvermerk «1919» erst 1920 bei Rascher in Zürich). 18. Februar bis 16. März: (6.) Militärdienst in Courroux. Mai: Abschluß des Manuskripts für den nicht erschienenen Prosaband «Kammermusik».

Winter: Arbeit an dem Roman «Tobold».

1919   März: Fertigstellung des Manuskripts «Tobold».

Eine zweite Auflage der «Gedichte» und der Band «Komödie» erscheinen bei Bruno Cassirer in Berlin.

1. Mai: Tod des Bruders Hermann.

November/Dezember: Zusammenstellung einer kleinen, nicht erschienenen Prosasammlung «Mäuschen» (vermutlich identisch mit der in der gleichen Zeit brieflich erwähnten, ebenfalls nicht erschienenen Sammlung «Liebe kleine Schwalbe»).

1920   8. November: Leseabend im Kleinen Tonhallensaal in Zürich.

1921   Januar: Übersiedlung nach Bern. Während einiger Monate Zweiter Bibliothekar des Berner Staatsarchivs.
Arbeit am Roman «Theodor», der im November abgeschlossen wird.

1922   8. März: Vorlesung aus dem Roman «Theodor» im Lesezirkel Hottingen in Zürich, anschließend für acht Tage Gast beim Maler Ernst Morgenthaler in Wollishofen.
Anfang der zwanziger Jahre erhielt Robert Walser aus zwei Erbschaften (des Bruders Hermann und des Onkels Friedrich Walser) insgesamt 15 Tsd. Franken.

1923   Juni: Spitalaufenthalt wegen Ischias.
Herbst: Wanderung nach Genf.

1924   22. Juli: Austritt aus dem Schweizerischen Schriftstellerverein.

1925   Februar: das letzte Buch, «Die Rose», erscheint bei E. Rowohlt in Berlin.
Frühjahr: Arbeit an den «Felix»-Szenen.
Zusammenstellung eines nicht erschienenen Prosabandes und Arbeit am «Räuber»-Roman.
Anfang September: Ferienaufenthalt mit Frau Mermet in Murten.
Oktober: Beginn der Korrespondenz mit Therese Breitbach.

1928   15. April: 50. Geburtstag des Dichters.

1929   25. Januar: Eintritt in die Heilanstalt Waldau, Bern.
Nach einer Pause von vermutlich einigen Monaten Wiederaufnahme der Korrespondenz mit Redaktionen und Fortsetzung der literarischen Arbeit (bis 1933).

1933   Juni: Verbringung nach Herisau, in die dortige Heil- und Pflegeanstalt seines Heimatkantons Appenzell-Außerrhoden, wo er bis zum Lebensende bleibt. Keine schriftstellerische Arbeit mehr.

Neuauflage der «Geschwister Tanner» bei Rascher in Zürich.

1936   Carl Seelig besucht erstmals den Dichter in Herisau. Beginn gemeinsamer Wanderungen und Gespräche.

Neuausgabe «Der Gehülfe» im Verlag der Bücherfreunde, St. Gallen.

1937   Auswahl «Große kleine Welt», herausgegeben von Carl Seelig.

1943   28. September: Tod des Bruders Karl.

1944   7. Januar: Tod der Schwester Lisa.

Carl Seelig übernimmt die Vormundschaft. Von ihm besorgte Auswahlbände und Neuausgaben: «Vom Glück des Unglücks und der Armut», «Stille Freuden», «Der Spaziergang» und «Gedichte».

1947   Auswahl «Dichterbildnisse» und die erste Biographie des Dichters: Otto Zinniker, «Robert Walser der Poet».

1950   Neuausgabe «Jakob von Gunten».

1953   Beginn der von Carl Seelig herausgegebenen «Dichtungen in Prosa».

1956   Tod Robert Walsers am Weihnachtstag (25. Dezember) auf einem einsamen Spaziergang.

INHALT

Robert Walser
Sämtliche Werke in Einzelbänden

Verzeichnis
der suhrkamp taschenbücher

Eine Auswahl

2/4/6.84